영원의 서

영원의 서

초판 1쇄 인쇄일_2006년 11월 30일
초판 1쇄 발행일_2006년 12월 5일

지은이_최진혁
펴낸이_최길주

펴낸곳_도서출판 BG북갤러리
등록일자_2003년 11월 5일(제318-2003-00130호)
주소_서울시 영등포구 여의도동 14-5 아크로폴리스 406호
전화_02)761-7005(代) ㅣ 팩스_02)761-7995
홈페이지_http://www.bookgallery.co.kr
인터넷 한글주소_북갤러리
E-mail_cgjpower@yahoo.co.kr

값 7,500원

ISBN 89-91177-27-1 03810

영원의 서

이 땅의 모든 하느님들을 위한 영원의 기록

최진혁 지음

북갤러리

차례

"이 땅의 모든 하느님들을 위한 영원의 기록"

1. 산골 소년

1-1

봄이면 진달래 먹고, 여름이면 헤엄치고 고기 잡고, 가을이면 도토리 줍고 밤 따러 다니고, 겨울이면 썰매 타고 얼음 배 타고 또 개구리도 잡아먹고 황순원 님의 소설 《소나기》의 등장인물들과 같은 저는 산골 소년이었습니다. 그곳에서의 시간은 저에게 너무나도 많은 기억들을 남겨 주었고, 저는 지금 그중에서 가장 먼저 떠오르는 몇 가지의 기억들과 함께 이제 여기에 저의 기록을 시작하고자 합니다.

어느 날 갑자기 작은 제 손등에 엄청난 사마귀들이 생겼습니다. 아버지가 잡아온 물고기를 만지작거리며 놀았던 적이 있었는데, 그 후로 그렇게 되었으니 저는 지금도 제 손등에 가득했던 사마귀가 물고기의 비늘 때문이라고 믿고 있습니다. 어쨌든 양손이 성한 곳이 없었다고 했습니다. 징그러울 만큼 말입니다. 만지면 아팠고 바늘로 찌르면 피도 났었습니다. 완전히 제 손의 일부가 된 거죠. 그러던 어느 날이었습니다. 양철 지붕을 타고 흘러내리는 첫 봄비에 손을 씻으며 한참 장난을 치고 있었는데, 문득 생각하니 양손에 가득했던 사마귀들이 하나도 보이지 않는 것이었습니다. 저는 너무도 놀라고 신비해서 할머니에게로 달려가서 보여주었습니다. 할머니도 신기했던지 고개를 갸웃하시며 웃으셨습니다. 그것이 제 삶에서 처음으로 겪게 된 기적이었습니다. 오랜 시간이 흐른 지금에도 그 순간만큼은 너무도 선명하게 기억하고 있습니다. 마치 마법 같은 순간이었습니다.

　한번은 냇물에서 얼음 배를 타며 놀고 있었습니다. 냇물을 건너려는 여동생을 무서워서 싫다는데도 강제로 얼음 배에 태워서 건너편으로 실어주려 했었습니다. 그런데 냇물의 중간쯤을 건넜을 때 그만 얼음 배가 갈라지기 시작했습니다. 바로 아래는 제 키보다 더 깊은 물이었고, 저는 순간 여동생을 버리고 밖으로 달아났습니다. 그런 제 팔을 여동생은 붙들었고, 저는 뿌리쳤습니다. 결국 저는 밖으로 도망쳤지만 여동생은 갈라진 얼음 배와 함께 깊은 물로 떠내려가다가 물에 빠져버렸습니다. 그나마 다행인 것은 용하게도 갈라진 얼음 배에 의지해서 여동생이 빠지게 된 물의 깊이가 허리 정도였다는 사실이었습니다. 여동생은 차가운 물속에서 엉엉 소리 내며 울었고, 저는 아주 오랫동안 그 순간을 잊을 수가 없었습니다. 다시 그날로 돌아가게 해달라고 하느님께 기도드리기도 했었습니다. 돌이킬 수 없는 그 순간으로 돌아가 동생을 지키고 제가 물에 빠지는 상상을 저는 수십 번, 수백 번도 더 반복하고는 했었습니다.

　오래 전 일이라 잘 기억할 수는 없지만, 아마도 저와 나이가 같았 거나 한 살 적었던 것으로 기억합니다. 제가 살던 마을에 어떤 꼬마 아가씨 하나가 어느 날 저를 자기 집으로 불렀습니다. 무를 잘게 썰 어 채국을 끓여놓고는 군침을 흘리고 있는 저에게 말했습니다.

　"이담에 커서 나랑 결혼해준다고 약속하면 이거 줄께."

　그 애도 그리고 저도 결혼의 의미를 알기에는 너무 어린 나이인 아홉 살 정도였던 것 같습니다. 제가 대답을 못하고 잠시 망설이자 그 애는 혼자 끓여놓은 채국을 먹기 시작했습니다. 당황해진 저는 얼른 대답했습니다.

　"알았어!"
　"정말?"
　"응. 이제 먹어도 되지?"
　"먼저 손가락 걸고."

잠시 뒤 그 애의 오빠가 집에 왔습니다. 그 애는 오빠에게 얻어맞았고, 저는 집으로 도망쳤습니다.

1-5

영원할 것 같았던 산골에서의 시간도 꿈결처럼 흐르고 흘러, 어느덧 제 나이도 열다섯이 되었습니다. 어느 날 부모님은 자식들 공부라도 제대로 가르치려면 도시로 나가야 한다 하셨고, 그래서 우리 가족은 모두 울산으로 이사를 오게 되었습니다. 저는 그렇게 '산골 소년' 에서 '도시 소년' 으로 바뀌게 되었습니다.

2. 외톨이

　도시로 전학을 왔습니다. 처음 보는 높은 건물들과 많은 사람들이 마냥 신기했습니다. 같은 반 아이들도 모두 친절하게 대해주었고, 점심때만 되면 같이 밥 먹자며 여기저기서 불렀습니다. 교실에 들어오시는 선생님들도 모두 저에게 관심을 가져주시고 또 이것저것 물어도 보시고 하셨습니다. 저는 모든 것이 너무도 좋았습니다. 전학 온 첫날부터 마음을 열고 저에게 말을 건네 온 모두를 친구라고 여겼습니다. 그러나 그것은 저만의 착각이었습니다. 저라는 존재가 단지 집중의 대상이 되었기에 당분간 그들의 친절을 받을 수 있었다는 사실을, 저는 일주일도 지나지 않아 곧 이해하게 되었습니다. 더 이상 아무도 같이 밥을 먹자는 말을 꺼내지 않았고, 함께 집에 가자며 버스 안에서 이런저런 이야기를 들려주던 친구들도 언제 그랬냐는 듯 한마디 말조차 건네주지 않았습니다. 그 후에도 저는 하나씩 새로운 사실들을 알아가게 되었습니다.

제가 가장 먼저 알게 된 사실은 친구들이 모두 무리지어 어울린다는 것이었습니다. 모든 무리에서 이탈되어 있는 사람은 나 하나였고, 모두는 몇몇씩 짝을 지어 쉬는 시간과 점심시간 그리고 집에 가는 버스에 오를 때까지 언제나 함께하고 있었습니다. 그것이 좋아서라기보다는 그렇게 하지 않으면 따돌려지기 때문이라는 느낌이 더 많이 들었습니다. 학생 수가 적은 산골에서의 학교생활과는 많은 차이가 있었습니다. 산골에서는 모든 것이 자연스러웠다면, 도시에서는 많은 부분이 인위적이었던 것 같습니다. 아무렇지도 않은 듯 다가가 능숙하게 말을 건넬 만큼 성격이 대범하지 못했던 저는 결국 외톨이가 되었습니다.

2-3

혼자였습니다. 점심을 먹을 때도, 쉬는 시간에도 그리고 집에 가
는 버스에 오를 때까지도 저는 언제나 혼자였습니다. 점심시간에
혼자 청승맞게 도시락을 꺼내 먹는 모습을 보이기 싫었던 저는 항
상 매점에서 라면을 사먹었습니다. 집에 갈 때도 혼자라는 모습을
보이기 싫어서 한 두 정거장 내려와서 버스를 타고는 했었습니다.
도시로 오면서 사춘기도 시작되었고, 그래서 무엇보다 주위의 시선
에 민감할 수밖에 없었습니다. 그런 저에게 가장 괴로웠던 것은 다
름 아닌 소풍이었습니다. 함께 김밥을 먹어줄 친구가 없었으니까
말입니다.

2-4

저는 영화를 좋아했습니다. 아니 영화 속 주인공들의 눈부실 만
큼 멋진 모습들을 저는 동경했었습니다. 그래서 주말마다 극장에

들러 영화를 보고는 했었는데, 사실은 볼품없는 외톨이 신세의 현실에서 도피하여 어쩌면 영화 속 주인공들을 통해 얻을 수 있는 대리만족을 즐겼던 것인지도 몰랐습니다.

2-5

저는 종교가 없습니다. 하지만 언젠가부터 저는 하느님과 친구 사이가 되었습니다. 힘들고 지치고 외로울 때면 저는 언제나 하느님과 이야기를 나누었습니다. 물론 제가 묻고, 제가 답하는 것이지만 말이에요. 그리고 제가 친구 삼은 하느님은 기타 종교의 하느님과는 무관합니다. 그저 제가 생각해낸 저만의 하느님일 뿐입니다.

2-6

저는 2년의 중학시절을 그렇게 외톨이로 보내고 고등학교에 입학하게 되었습니다. 그러나 거기서도 저는 외톨이가 되었습니다. 놀랍게도 입학하고 며칠 지나지 않아 모두는 따로따로 어울리고 있었습니다. 내심은 무척이나 기대하고 있었는데, 제가 끼어들 자리는 이미 그 어디에도 없었습니다. 저는 또다시 매점을 찾아 라면으로 점심을 때웠고, 한 정거장 내려와 버스를 탈 수밖에 없었습니다. 중학교 내내 괴롭고 서글퍼했던 일을 저는 또다시 반복할 수밖에 없었습니다. 아프다는 핑계로 소풍도 빠지고, 한결같은 외톨이로 일 년을 그렇게 보냈습니다.

2학년으로 올라가기 얼마 전, 저는 굳게 결심을 했습니다. 이제는 친구들이 내게 오는 것을 바라지 말고, 내가 먼저 다가서기로 말입니다. 그래서 며칠이나 벼르고 별러 저는 점심시간에 한 무리의 친구들에게 다가섰습니다. 그리고는 말했습니다.

"같이 밥 먹어도 되니?"

며칠이나 고민했던 저와는 달리 친구들의 대답은 너무도 쉬웠습니다.

“그래!”

이제 드디어 저도 함께 밥을 먹을 무리가 생겼습니다. 중학교 때부터 계속되었던 초라한 고민을 이제는 더 이상 할 필요가 없어졌습니다. 그 사실이 너무도 감격스러워 저는 밥을 먹고 있다는 사실조차도 의식할 수 없었습니다. 그러던 한순간 누군가 웃긴 이야기를 꺼냈습니다. 저는 밥이 입안에 가득 들어있던 상태라 웃음을 참지 못해 입을 틀어막았는데, 그만 코에서 진득한 코가 튀어나왔습니다. 더군다나 튀어나온 코는 떨어지지 않고 양쪽 모두 길게 매달려 있었습니다. 순간 정적이 흘렀고 친구 하나가 ‘탁’ 하고 도시락을 책상 위로 던지듯 내려놓았습니다.

“에이….”

구겨진 친구들의 얼굴을 애써 외면하며 저는 도시락을 휴지통에 던져버리고 밖으로 나왔습니다. 눈물이 핑 돌았습니다. 무엇 때문에 내 자신이 이렇게까지 해야 하는지 알 수가 없었습니다. 스스로의 모습이 너무도 꼴사납고 초라해서 견딜 수가 없었습니다. 그 후

로 저는 두 번 다시 친구들에게 함께 밥 먹자는 이야기를 건넬 수
가 없었습니다.

저는 2학년이 되었고 그리고 수학여행을 떠나게 되었습니다. 먼
저 버스에 올라 창밖을 바라보고 있었습니다. 그러나 창밖을 향해
있는 시선과는 달리 의식은 한 명씩 버스로 오르는 친구들에게 집
중되어 있었습니다. 한 명, 두 명, 모두 자리에 앉기 시작했고, 결국
유일하게 제 옆자리만 비워지게 되었습니다. 버스는 출발했고, 창
밖으로 스쳐가는 풍경들을 바라보며 저는 조용히 웃었습니다. 이제
다시는 그 무엇도 기대하지 말자고, 스스로를 위로하며.

3. 자유

제가 다니던 학교 주변에는 다른 많은 중학교와 고등학교가 있었습니다. 그래서 토요일이 되면 학생들이 우르르 쏟아져 나와 집으로 가는 버스를 한두 번은 보내고 나서야 탈 수 있었습니다. 그날은 무척이나 날씨가 맑은 어느 토요일이었습니다. 저는 평소 때와 같이 한 정거장 아래로 내려와 집으로 가는 버스를 기다리고 있었습니다. 거기에는 다른 학교 학생들만 잔뜩 모여 있어 혼자라는 사실이 별로 표 나지 않았습니다. 버스 정거장 뒤로는 몇 층이나 되는 상가건물들이 이어져있었고, 저는 제가 늘 이곳에서 버스를 기다리는 어느 상가의 통로 속으로 숨듯이 들어가 있었습니다. 그 벽에 있는 낙서까지도 모두 외울 수 있을 만큼 저에게는 친숙한 공간이었죠. 그곳에서 저는 한참 버스를 기다리고 있었습니다. 그리고 그때였습니다. 이런 저런 이야기를 나누고 있는 학생들 사이를 지나 제 시선은 예쁘게 생긴 한 여학생의 모습에서 멈추어졌습니다. 그 여학생은 작은 교복 주머니에 두 손을 찔러 넣고 정거장 표지판 기둥에 기대어 혼자 버스를 기다리고 있었습니다.

"아…."

순간, 제 마음 깊은 곳에서부터 무엇인가가 거세게 솟구쳐 올랐습니다. 눈물이 꾸역꾸역 밀려나왔고 주체할 수 없을 만큼 온몸이 떨려왔습니다. 그것은 저에게 충격이었습니다. 주위 시선을 의식하며 혼자라는 사실을 숨길 곳을 찾아 언제나 웅크리기만 했었던 그동안의 내 모습과 정거장의 많은 사람들 중에서도 가장 공개되어 있는 곳에서 홀로 당당히 서있는 그 여학생의 모습이 너무도 비교되어, 저는 정말 미칠 것만 같았습니다. 모든 거짓말을 들켜버린 순간처럼 더 이상은 초라한 자신의 모습을 피해 다른 곳으로 눈을 돌릴 수도 없었습니다. 그 여학생으로 인해 저는 처음으로 내 자신의 모습을 정면으로 마주보게 되었습니다. 그리고 그것이 얼마나 어리석은 것인지 깨닫게 되었습니다. 마치 정지된 것 같은 시간 속에서 눈부시도록 멋지게 빛나고 있는 그 여학생의 모습을 저는 흐르는 눈물과 함께 한참을 바라보았습니다.

3-2

저는 자유가 되었습니다. 제 마음은 날개를 달고 푸른 하늘을 마음껏 날아오르고 있었습니다. 그날 이후 저는 그 어떤 스스로의 초라한 모습에도 당당해질 수 있었습니다. 혼자 도시락을 꺼내 먹는 스스로에게 당당할 수 있는 자신이 너무도 대견스러웠습니다. 더 이상 한 정거장을 내려갈 필요도 없어졌습니다. 스스로의 모든 모습이 감동이었고, 모든 순간이 환희로 빛나고 있었습니다. 그리고 그 후에야 비로소 저는 알게 되었습니다. 정작 친구들은 혼자였던 저를 아무도 초라하게 생각하지 않았다는 것을 말이에요. 제가 스스로의 모습에 당당해진 그날 이후 저에게도 하나 둘 친구가 생겨나기 시작했습니다. 필요에 의해서가 아닌 자연스러운 만남으로 말입니다.

3-3

　사람들은 언제나 타인의 시선을 의식하며 살아갑니다. 스스로가 어떤 모습인가 보다 어떤 모습으로 타인에게 비추어지는가를 더 중요하게 여기면서 말입니다. 저는 학창시절의 경험이었지만, 경험하는 환경만 다를 뿐 그것은 사회라고 해도 다르지 않습니다. 스스로의 모습을 한 번도 정면으로 마주보지 못하고 끊임없이 도피하고 외면하며, 타인에게 스스로가 원하는 모습으로 비추어지기를 지금 이 순간에도 많은 사람들은 간절히 원하며 살아가고 있습니다.

4. 실감

4-1

언젠가 TV를 통해 한 아주머니의 사연을 본 적이 있었습니다. 일찍 남편을 여의고 홀로 자식들을 키우며 힘겹게 살아오신 분이셨습니다. 아주머니는 어느 날 병원에서 말기 암 판정을 받았고, 죽음을 얼마 남겨두지 않은 상태였습니다. 그때 제가 놀란 것은 아주머니의 표정이 너무도 평온해 보였단 사실이었습니다. 죽음 앞에서 이토록 아무것도 아닌 것에 집착하고 욕심내며 살아왔었노라고, 이제라도 이렇게 스스로의 삶에 대해 사색해 볼 수 있게 되었으니 더

바랄 것이 없다며 아주머니는 아이처럼 웃으셨습니다.

4-2

사람은 누구나 언젠가 한 번은 죽음을 경험하게 됩니다. 그리고 그것은 누구라도 당연히 알고 있는 사실입니다. 하지만 대다수의 사람들은 영원이라도 살 것처럼 죽음을 실감하지 못하고 있습니다. 한평생을 살면서 바라고 추구해온 모든 것들이 정녕 죽음 앞에서 얼마나 무기력한 것인지도 제대로 이해하지 못하고 있습니다. 그래서 막상 죽음 앞에 이르러서야 좀 더 일찍 자신과 진실에 대해 사색하지 못하였음을 후회하며, 한 번도 살아 본 적이 없는 것처럼 삶을 마감하게 되는 것입니다.

4-3

스님들처럼 모든 것을 등지고 진리를 찾아 산으로 들어간 것은 아니었지만, 저 역시도 죽음에 대해 보다 실감할 수 있었던 같은 종류의 인간이었습니다. 언제 어느 때 죽음을 만나 모든 것을 내려놓

을 수밖에 없을 것이면서, 당장의 가치들만을 위해 집착하며 이기적
으로 살아가는 사람들을 그래서 저는 이해할 수가 없었습니다.

4-4

　지금 이 순간에도 지구촌 각지에서는 차마 인간의 삶이라고 정의
하기 힘든 잔인한 고통들을 겪어내며 살아가고 있는 사람들이 많습
니다. 지금도 몇 초당 한 명의 어린이가 굶어 죽어가고 있으며, 하
루에도 오염된 식수를 마시고 수천 명의 어린이들이 죽어가고 있습
니다. 역사 속에서는 총알을 아끼기 위해 어머니와 아들, 아버지와
딸을 묶어 그중 한 사람을 죽이고 물에 던져 수장시키기도 하였고,
몇 해 전에 있었던 어느 나라의 내전에서는 오빠가 보는 앞에서 어
린 여동생을 강간하고 산채로 불에 태우기도 하였습니다. 죽음을
보다 실감할 수 있었던 것처럼, 저는 타인의 고통에 대해서도 더욱
실감하고 집착할 수밖에 없었습니다.

사업에 관심이 많은 사람은 길을 걷다가도 그와 관련된 이야기가 들려오면 귀를 기울이게 됩니다. 일부로 서점에서 사업과 관련된 책도 사게 되고, 그것을 읽는데 투자하는 시간도 아깝다고 여기지 않습니다. 그것처럼 저 역시도 세상의 어둠에 대해 더 많이 알아가게 되었고, 인간의 추악한 많은 모습들도 더 많이 확인하게 되었습니다. 그리고 그럴수록 인간에 대한 희망을 잃어가게 되었고, 언젠가부터 세상에 대한 철저한 비관론자가 되어가고 있었습니다. 이러한 세상을 존재하게 한 하늘을 원망했고, 무엇 때문에 사람이 이토록 잔인한 고통을 겪으며 존재해야 하는지에 대한 답을 저는 하늘에 물어야 했습니다. 적어도 왜 살아야 하고, 왜 죽어야 하는지에 대한 진실을 알 권리가 인간에게는 있다고 믿었기 때문이었습니다.

어떻게 살아가야 하는가 보다 왜 살아야 하는가가 저에게는 더 중요했습니다. 어떻게 죽어야 하는가 보다 왜 죽어야 하는가가 저에게는 더 중요했습니다. 죽음이 정녕 모든 것의 끝이라면, 사람답게 한 번 살아보지도 못하고 사라져간 그토록 많은 사람들의 삶이란 너무도 억울한 것이 되기 때문이었습니다. 하지만 사람들은 '왜 살아야 하는가?' 와 같은 진부한 질문 따위는 더 이상 생각하고 이야기하려 하지 않았습니다. 오히려 그러한 질문을 붙들고 한순간도 내려놓지 못한 채 살아가는 저를 안타깝게 바라보았습니다.

4-7

같은 인간으로 같은 인간이 겪어야 하는 고통들에 항거하며, 그래서 이유를 알고자 함이, 그 진실을 찾고자 함이 어찌하여 타인에게는 안타깝게 비추어져야 하는지 오히려 저는 더 납득할 수 없었습니다. 그래서 이 넓은 세상 속에 혼자 덩그러니 남겨진 것처럼 외로웠습니다. 어느 순간에는 나를 둘러싼 모든 것들이 너무도 힘에 겨워 모든 것을 놓아버리고도 싶었습니다. 그러나 돌아보면 언제나 제자리였고, 시간이 흐를수록 내게 있는 고뇌와 절망 그리고 숱한 어둠들이 더욱 깊어지고 더해져만 갔습니다.

고등학교를 졸업하고부터 극단적으로 시작된 이러한 방황을 거쳐 군대를 제대하고, 2년 후인 1999년부터 저는 본격적으로 수행단체들을 찾아다니기 시작하였습니다. 기(氣)와 도(道)에 관련된 서적들을 읽고 공부하고 혼자서라도 수련을 강행하였으며, 그리고 결국 그 이듬해 즈음 한 선도단체에 입문하여 체계적인 수행을 시작하게 되었습니다.

5. 아침 햇살

제 나이 서른. 수련을 시작한지 3년째 되던 2003년 8월의 어느 날이었습니다. 오랜만에 만화방에 들러 만화를 보고 있던 저에게 문득 여동생으로부터 한 통의 전화가 걸려왔습니다.

"오빠! 여기 XX대학병원인데 지금 엄마 입원해있어. 빨리 와!"

갑작스런 일이었습니다. 저는 놀란 마음으로 병원에 달려갔고 엄마를 만나 이야기를 듣게 되었습니다.

"갑자기 망치로 머리를 얻어맞는 것 같은 통증을 느껴 병원에 와서 MRI를 찍어보니, 의사가 뇌에 혹이 있다고 그러더라. 당장에 입원부터 하라고 해서 입원하게 되었다."

평범하지 못한 자식을 두어서 평생 걱정만 하시며 살아오신 어머니셨습니다. 현실적인 안위와는 상관없는 길을 고집하며 살아가는 장남을 두어서 잠도 제대로 이루지 못하시는 어머니셨습니다. 드라마에서나 보아왔던 일이 나에게도 일어나는 것은 아닌지, 방망이질 치는 가슴을 어쩌지 못하며 의사를 만났습니다.

병명은 뇌동맥류.

수술 이외에는 다른 방법이 없다고 하였습니다.

5-2

가슴이 조여 왔습니다. 불안함과 두려움, 걱정과 죄스러움이 내 안에서 서로 뒤엉켜 저는 자리에 앉아 있을 수도 없었습니다. 우선은 필요한 물건들을 챙기기 위해 병원에서 나와 허겁지겁 집에 도착하고 인터넷을 검색해 보았습니다. 그래서 그 병이 얼마나 위험한 것인지 알게 되었습니다. '뇌동맥류의 치료법은 수술밖에 없으며 가로 세로 몇 센티의 두개골을 열어야 한다' 라는 자료들을 거듭거듭 확인하며, 나락으로 무너지듯 까마득해지는 가슴을 부여잡고 저는 도리질을 쳤습니다.

필요한 물건들을 챙기고 다시 병원으로 가서 엄마의 손을 잡고, 누구보다 놀라셨을 엄마의 마음을 안심시켜 드렸습니다. 그러나 그럴수록 제 마음은 더 깊은 어둠으로 떨어지고 있었습니다. 제발 나에게서 이런 종류의 고통만은 거두어 주기를 간절히 기도했습니다. 얼마나 신경을 썼던지 배가 아파왔고, 식사도 걸렀으며 잠을 잘 수도 없었습니다.

5-3

2일째 되던 날 혈관조영술 촬영에 들어갔습니다. MRI는 99% 정확성, 혈관조영술은 100%의 정확성이라고 했습니다.

　"뇌동맥류 수술에는 두 가지 방법이 있는데, 혈관조영술 촬영을 하는 이유는 부풀어 오른 꽈리의 정확한 위치와 상태를 더욱 자세히 체크하여 수술방법을 결정하기 위한 것이죠."

라는 의사의 이야기를 거듭 확인하며, 내게 이런 시련을 주는 하늘을 원망했습니다. 차라리 내게 주지 그랬냐며 대답 없는 하늘을 향해 따지고 대들었습니다. 이미 수술은 기정사실화되어 있었고, 나와 우리 가족이 할 수 있는 것은 수술할 병원을 선택하는 것밖에는 없었습니다. 촬영실로 엄마를 들여보내고 밖에서 기다리는 내내 엄마를 사랑하는 만큼 제 마음은 절망으로 떨어져 내리고 있었습니다.

5-4

　촬영을 마치고 나오는 엄마에게 지푸라기라도 잡는 심정으로 물었습니다. 촬영 선생님께 여쭈어 보았냐고, 뭐라고 하더냐고. 1%의 기적이 내게서 일어나주기를 간절히 원하며 다그치듯 엄마에게 물었고, 엄마는 촬영 선생님의 말을 그대로 저에게 들려주었습니다.

“○○미리 정도 되는 혹이 있네요. 그래도 터지기 전에 와서 얼마나 다행입니까. 수술하면 되니까 너무 걱정하지 마세요.”

다시 인터넷을 검색해서 뇌동맥류 수술에 가장 권위 있는 병원을 찾았고, 조영술 결과가 나오면 바로 엄마를 서울로 모시고 올라가기로 우리 가족은 모두 합의한 상태였습니다. 이제는 누구보다 제가 마음을 독하게 다잡아야 했습니다.

5-5

둘째 날은 여동생이 병실을 지키기로 하고 엄마의 걱정 때문에 저는 집에 와야 했습니다. 그리고 그날 밤 저는 하늘을 향해 무릎을 꿇었습니다.

“잘못했습니다. 용서해 주세요. 엄마처럼 그리고 엄마를 지켜보며 아파해야 할 나 같은 사람들이 온 세상에 가득한데, 저는 그만 마음의 길을 포기하려고 했었습니다. 이제는 정말 너무 지치고 힘들어서 그만두려고 했었습니다. 잘못했으니까, 그러니까 용서해 주세요. 이 시련을 제발 저에게서 거두어 주세요.”

다음 날 아침 일찍 결과가 나오는 대로 퇴원수속을 밟고 서울로 올라가기 위해, 저는 집에서 준비를 하고 병원으로 갔습니다. 걱정하는 엄마를 안심시키기 위해 있는 얘기 없는 얘기 다 지어서 꾸며대고 있는 저에게 그리고 아들이 하는 희망적인 이야기로 마음을 다잡으려하는 어머니에게, 담당의사가 찾아왔습니다.

“두 분 다 따라오세요.”

‘결과가 나왔나 보다’ 라며 엄마와 저는 의사를 따라 갔습니다. 의사선생님은 처음의 MRI사진과 조영술 촬영사진을 형광판 위에 꽂아 넣으며 말했습니다.

“여기를 잘 보세요. MRI상에는 혹으로 의심되는 것이 있었는데, 조영술 촬영을 해보니 없습니다. 정상입니다. 퇴원하셔도 됩니다.”

순간 엄마와 저는 약속이라도 한 것처럼 멀뚱한 표정으로 서로의
얼굴을 마주보았습니다. 그리고 동시에 의사선생님을 향해 고개를
돌렸습니다.

"아니, 이게 무슨 소린가요? 어제는 늦으면 안 되니까 수술해야
한다고…."

의사선생님이 말했습니다.

"그래서 혈관조영술 사진만 전문적으로 판독하는 선생님을 모셔
서 아침에 회의까지 했는데, 정상이라는 판정이 나왔습니다."

한순간에 지옥과 천당을 경험한 엄마와 저는 의사선생님이 짜증
을 낼만큼 거듭해서 확인을 하였고, 그래도 모자라 아래층의 촬영
선생님을 찾아갔습니다.

"어제 촬영할 때 혹이 있다고 하지 않으셨습니까? 그래도 빨리
발견해서 터지기 전에 병원에 왔으니 얼마나 다행이냐고. 그런데

정상이라니, 이게 어떻게 된 일입니까? 혹시 촬영사진이 뒤바뀐 것은 아닙니까?”

촬영 선생님이 말했습니다.

“혹시, 그거 다른 선생님께도 이야기했습니까?”
“네, 했습니다.”
“아니 그런 걸 이야기하면 어떻게 합니까? 뇌출혈이 되기 전에 오면 다행이라는 그 말을 한건데.”

그제야 그 사실을 전해 듣게 된 여동생도 이리저리 확인하러 다녔고, 엄마와 저는 3일간의 악몽이 너무도 믿기지 않아 다시 수간호사와 만나 몇 번이나 사실을 확인하게 되었습니다. 나이가 30이 되도록 살아오면서 이토록 큰 기쁨과 환희를 만났던 적은 없었습니다. 입가에서 웃음이 떠나질 않았고 저는 미친놈처럼 히죽거리며 정신없이 짐을 챙겼습니다.

엄마가 입원했던 병실의 옆 침대에는 벌써 몇 번째 척추수술을 받은 젊은 아주머니 한 분이 계셨는데, 3일 내내 신음소리를 내고 있었다는 사실을 저는 그제야 인식할 수 있었습니다. 그만큼 정신이 없었기 때문이었습니다. 축하드린다며 잘 가라는 아주머니와 아주머니 남편 분의 인사를 받으며 병실을 나서는 순간, 저는 아주머니의 눈빛을 보았습니다.

세상에서 가장 부러운 것을 보고 있는 듯한 그 한 순간의 눈빛이, 시간이 멈추어진 것 같은 순간 속에서 제 가슴속으로 영원처럼 파고들었습니다.

병원의 정문을 나서는 우리 가족에게 세상에서 가장 따스한 아침 햇살이 쏟아져 내리고 있었습니다. 저는 흐르는 눈물을 감추려 입술을 깨물어야 했습니다.

'아! 알겠습니다. 내가 왜 이런 시련을 겪어야 하는지. 내가 가야

할 길이 무엇인지 이제야, 이제야 알겠습니다.'

6. 아버지

제 나이 31인 그 다음 해 2월, 저는 집을 떠났습니다. 선가(仙家)의 한 수련단체에서 공부를 하기 위해서였습니다. 그것은 현실적인 모든 안위들을 포기하겠다는 뜻과도 같았습니다. 누구라도 불교 공부를 할 수 있지만 아무나 스님이 되지는 않습니다. 그것은 모든 삶을 걸겠다는 단호한 결의가 필요한 선택이었고, 저에게도 역시 그랬습니다.

6-2

저는 그곳에서 하루도 거르지 않고 스스로의 마음을 돌아보았습니다. 길을 걷다 누군가에게 이유 없이 뺨을 맞더라도 일체의 흔들림이 없을 만큼 마음을 수련하고 닦아야 했습니다. 누군가의 눈빛 하나에도, 누군가의 말투 하나에도, 그저 스쳐가는 아무것도 아닌 일 하나에도 스스로의 감정에 반응이 있었다면 철저하게 파고들어 더 올바른 마음이 되기 위해 자학하듯 자신을 채찍질하며 바꾸어 나가야 했습니다. 항상 타인의 입장에서 먼저 생각하고 말하고 이해하기 위해 또한 안간힘을 써야 했고, 사소한 실수라도 있었다면 또다시 반복하지 않기 위해 며칠이고 스스로를 몰아붙이며 괴롭히기도 하였습니다. 문제가 있다면 모든 것이 스스로의 탓이었고 거둬내야 할 스스로의 어둠이었습니다. 호흡 수련과 행공(行功) 그리고 사투와도 같은 자기 성찰로 이어지는 하루하루의 시간들이었습니다.

6-3

그렇게 그곳에서의 생활에 익숙해져가던 5월 31일. 아버지께서

출근하던 길에 갑자기 쓰러지셨다는 연락을 받았습니다. 그리고 그 날 제가 병원에 도착하기도 전에 아버지께서는 하늘나라로 가셨습니다. 그렇게나 어린아이를 좋아했던 아버지께 저는 손자 한 번 안겨드리지 못했습니다. 아반떼XD 한 대 사서 몰고 고향 한 번 가보는 것이 소원이라던 아버지께 저는 장남이 되어 차는 고사하고 환갑이 넘으시도록 주야 교대의 현장에서 일하시게 하였습니다.

아버지의 앞에서 저는 영원을 두고 갚아도 모자랄 죄인입니다. 평생 죽도록 일만하고 간다며 울부짖는 엄마의 말을 잊을 수가 없었습니다. 아버지의 유언대로 화장을 했는데, 얼마 전까지만 해도 아침을 함께 먹었던 아버지의 유골을 저는 양동이에 담아냈습니다. 바람 불면 흩어질 한낱 구름 같은 삶에 대한 집착이, 내게서 그렇게 떨어져 나갔습니다.

6-4

저는 홀로된 어머니를 남겨두고 또다시 집을 떠났습니다. 그리고 이 길의 끝을 볼 수 없다면 그곳에서 죽으리라 맹세했습니다. 눈에 보이는 것이 진실의 전부라면, 죽음이 정녕 모든 것의 끝이 될 수밖에 없다면 영혼을 팔아서라도 신에게 대항하겠노라고. 저는 그렇게 아버지의 죽음을 어깨에 짊어지고 다시 먼 길을 떠나게 되었습니다.

6-5

진리를 찾고자 하였습니다. 사람이 왜 살아야 하는지, 그 이유를 알고자 하였습니다. 그렇게 평생을 살아왔습니다. 그러나 2005년 2월 저는 제가 하는 수행의 한계를 느끼게 되었고, 그래서 결국 다시 집으로 돌아왔습니다. 친구들은 어느덧 결혼도 하고, 집도 장만하고, 자식도 낳아 기르고 있었습니다. 제 나이 서른 둘. 그러나 저에게는 아무것도 남은 것이 없었습니다.

6-6

그리고 저는 마지막 스승을 만났습니다.

7. 진실을 확인하는 방법

7-1

\# 너는 나에게 모든 진리와 진실들을 알고 싶다고 말했다.

– 그랬습니다.

\# 그렇다면 네가 가장 먼저 해야 할 일이란 모든 진리와 진실들을

알 수 있는 방법을 찾는 것이다. 그렇지 않으냐?

– 그렇습니다.

그 방법이 무엇이냐?

– 저는 그 방법으로 단전호흡과 명상을 선택하였습니다. 그러나 그 것으로도 결국 모든 진리를 만나지 못했습니다. 그리고 오늘 스승님 앞에 이렇게 앉아있게 되었습니다.

모든 진리를 확인할 수 있는 방법은 모두에게 있어야 하는 것이다. 그 방법이 어느 특정한 소수의 사람들이나 한 단체, 혹은 한 길의 믿음 속에만 존재할 수 있다고 여겨진다면 너는 아직 진리를 만날 때가 아니다.

– 저는 지금까지의 모든 공부에서도 결국 진리를 확인하지 못했습니다. 그래서 지금은 어떤 수행단체의 특정한 옷도 입고 있지 않습니다.

그런즉, 너는 네 안에서 가장 밝은 진리를 확인하게 될 것이다.

– 가르침을 받습니다.

7-2

돌을 두드리면 무슨 소리가 나느냐?

- 딱딱한 소리가 납니다.

돌과 솜이 부딪쳐도 딱딱한 소리가 나느냐?

- …….

무엇으로 부딪치는가에 따라 다르다. 그렇다면 본다는 것은 어떠
하냐?

- 무엇으로 보는가에 따라 달라집니다.

그렇다. 사람의 눈과 곤충의 눈과 고성능 현미경으로 보는 것이
같을리 없다. 그렇다면 사람의 눈에 보이는 것만이 진실인가?

- 그렇지 않습니다.

저기 저 흰 구름을 보아라. 저 구름은 무엇으로 이루어져 있느냐?

- 물입니다.

너의 눈에는 저 흰 구름이 물로 보이느냐? 구름으로 보이느냐?

- 구름으로 보입니다.

그렇다면 저 구름은 물이더냐? 구름이더냐?

- 둘 다 입니다.

그렇다. 구름의 본래 실체는 구름이기도 하지만 물이기도 하고, 분자이기도 하며 원자와 전자 그리고 양성자와 중성자의 집합체이기도 하다. 만약에 과학이 지금처럼 발전하지 못해 분자와 원자의 존재를 밝혀내지 못했더라면 사람은 고작 보여 지는 구름의 한 단면만을 구름의 모든 것으로 여겼을 것이다. 너는 내가 무슨 이유로 이러한 이야기를 하는지 알겠느냐?

- 모르겠습니다.

요즘은 인터넷이 있어 정보를 쉽게 알아볼 수 있지 않느냐? 너는 인간의 시각에 대해 한 번 살펴보고 오너라.

- 알아보았습니다. 인간의 눈으로 볼 수 있는 가시광선의 파장대가 대략 380~760나노미터 정도라고 하였습니다.

그것은 무엇을 뜻하느냐?

- 말씀하신 그대로 인간의 눈은 대상의 한정된 부분만을 볼 수 있다는 뜻입니다.

그렇다. 인간이 눈으로 보는 것보다 실제 그 대상은 훨씬 더 많은 모습으로 존재하고 있다는 것이다. 그것이 바로 사람의 육체가 지닌 시각의 한계이다. 구름이 물이기도 하고 구름이기도 하며 원자와 분자이기도 하지만, 사람의 시각은 구름의 많은 실체들 중에서 단지 구름으로 비추어지는 모습만을 볼 수 있는 것이다. 그렇다면 이제 듣고 느끼는 것은 어떠한지도 확인해 보아라.

- 확인해 보았습니다. 보는 것과 마찬가지로 세상에는 무수한 소리들이 존재하지만 그중에서 인간이 들을 수 있는 소리는 한정되어 있었습니다. 느끼는 것도 다르지 않았습니다.

저기 탁자 위의 유리컵이 인간의 눈에는 움직이지 않는 것으로 보인다. 그러나 실제 세상의 모든 물질은 끊임없이 진동하며 존재한다. 이는 현대과학에서 이미 상식에 불과하다. 지금처럼 과학이 발전하기 이전에는 탁자 위의 유리컵이 스스로 진동하고 있다고 말한

다면 아무도 믿지 않았을 것이다. 눈에는 그렇게 보이지 않으니까 말이다.

- 그랬을 것입니다.

\# 누구라도 유리컵은 투명하고 멈추어 있으며 딱딱하다고 말할 것이다. 그러나 그것은 인간의 육체로 보고 듣고 느낄 수 있는 실체의 한정된 일부일 뿐이다. 우리 인간의 육체는 **보여 지는 것만을 볼 수 있고, 느껴지는 것만을 느낄 수 있으며, 들려지는 것만을 들을 수 있다.** 그러므로 무엇을 보고 무엇을 듣고 무엇을 느끼게 되더라도 그것은 전부가 아닌 제한된 육체를 통해 비추어내는 일부에 지나지 않는다. 그러한즉, 모든 진실과 진리를 확인하고자 한다면 보이는 것과 보이지 않는 그 모든 것을 볼 수 있어야 하고, 모든 것을 느낄 수 있어야 하며, 모든 것을 들을 수 있어야 한다. 그러나 인간의 육체는 그렇게 할 수 없다.

- ……

\# 그렇다면 과학이 모든 것을 확인시켜 줄 때까지 기다려야 하는 가? 그것은 한도 끝도 없는 일이다. 그러므로 모든 진리를 확인하는

것은, 모든 것이 되어 모든 것을 보고 듣고 느낄 수 있는 조물주만
이 가능할 수 있을 것이다.

— 그 말씀은, 사람은 결국 모든 진실을 확인할 수 없다는 것입니
까?

내가 너에게 이러한 이야기를 하는 이유도 바로 그것이다. 보고
듣고 느낀다는 것은 사람의 육체와 상대되는 것과의 반응에 불과하
다. 돌과 돌이 부딪치면 딱딱한 소리가 들리지만 돌과 솜이 부딪치
면 소리가 들리지 않는다. 무엇으로 부딪치는가에 따라 소리가 다르
듯, 세상을 무엇으로 비추어보느냐에 따라 세상에 대한 정의는 달라
진다. 우리 인간은 인간이기에 인간의 육체로 세상을 보고 듣고 느
끼어 정의하는 것이다. 그러나 그것은 지극히 인간 육체만의 진실이
다. 모든 진실 중에 인간의 육체를 통해 체험하는 진실의 일부일 뿐
이다.

— 지금까지 제가 걸어온 길은, 그렇다면 진실을 알고자 하였던 이
길은 처음부터 부질없는 것이었습니까?

결코 그렇지 않다. 네가 걸어온 그 길이야 말로 모든 진리와 진실

들을 확인할 수 있는 유일한 길이기 때문이다.

– 그렇다면 무엇입니까? 저는 무엇으로 모든 진리와 진실들을 확인할 수 있습니까?

한 점 먼지에서 끝없이 펼쳐진 대우주에 이르는 존재하는 모든 것의 이유.

그것은 바로 이치이다.

7-3

결혼이 무엇인지 모르는 사람은 없다. 7살 아이도 알고 15살 청소년도 알고 있다. 그러나 7살 아이와 15살 청소년이 알고 있는 결혼이, 막상 결혼해 살고 있는 사람이 알고 있는 결혼과 같을 수는 없다. 그것은 실감의 차이다. 나는 너를 결혼을 알고 있는 7살 아이로 만들 수는 없다. 스승이란 방법을 일러주는 존재이다. 어디까지나 네 스스로 진리를 향해 움직여야 한다. 네 스스로 하나씩 실감해 나가야 하는 것이다.

– 명심하겠습니다.

달이 차면 기울고 물이 성하면 쇠하는 법이다. 너에게 있는 시련의 나날들도 다할 때가 되었으니 어둠은 걷히고 아침이 올 것이다. 그런즉 네가 원하는 모든 것이 너에게서 이루어 질 것이다.

– 그렇다면 저는 무엇을 해야 합니까?

너는 가장 먼저 두 가지의 이치를 찾아 실감해야 한다. 진리를 찾아 방황했던 너의 시간들이 이미 너를 충분히 준비시켜 놓았으니, 해답만 찾는다면 너는 그대로 실감할 수 있을 것이다.

– 제가 실감해야 하는 두 가지의 이치는 무엇입니까?

옳은 것, 그른 것, 삶 그리고 죽음. 우리 인간이 만들어 놓은 이러한 모든 개념들은 크게 한 가지의 이치에서 벗어나지 않는다. 너는 먼저 이것을 찾아야 한다.

– 그렇다면 두 번째로 찾아야 하는 이치는 무엇입니까?

진실이다.

한달 정도 되었습니다. 옳은 것, 그른 것, 삶 그리고 죽음. 이러한 모든 개념들을 하나로 엮어내는 한 가지의 이치를 찾기 위해 속이 쓰릴 만큼 고민했던 시간들이. 두 가지 중 하나라도 찾아내지 못한다면 스승을 만날 수 없었고, 저는 거의 자포자기 심정이 되어 있었습니다.

서울에서 회사를 다니던 여동생이 중국으로 연수를 떠나게 되었습니다. 그래서 몇 주 휴가를 얻게 되었고, 중국 가기 전에 어머니 일본 여행이라도 시켜드린다 해서, 저는 어머니 여권을 만들기 위해 시청을 찾았습니다. 그리고 그날은 비가 내리고 있었습니다. 중고로 구입한 오래된 경차 안에서 눈을 감은 채 잠시 떨어지는 빗소리를 듣고 있었습니다.

'대체 그 이치란 무엇일까…?'

그러나 생각하면 할수록 더욱 미궁 속으로 빠져드는 것 같았습니다. 우선은 해야 할 일이 있기에 저는 곧 상념에서 깨어나 우산을 찾았습니다. 생각해보니 우산을 챙겨오지 않았습니다. 어쩔 수 없이 차에서 내려 시청을 향해 뛰었습니다. 그리고 채 몇 걸음도 가기 전에 저는 멈추어 섰습니다. 온몸이 비에 젖는 줄도 모른 채 저는 그렇게 한참을 움직이지 않았습니다.

"아… 이럴 수가!"

7-6

– 스승님 찾았습니다!
무엇을 찾았느냐?

– 첫 번째 이치를 찾았습니다.
그렇다면 네가 찾은 이치를 말해 보거라.

– 태극입니다.

다시 말해 보아라.

- 상대성입니다.

다시 말해 보아라.

- 모든 것이 상대적입니다.

하하하 그렇다!

7-7

　스승님, 저는 이제껏 행복과 불행이라는 개념을 따로 나누고 구분지어 놓았습니다. 하지만 행복과 불행은 따로 나누어진 두 개의 개념이 아니라, 진실은 하나라는 것을 알게 되었습니다. 그것은 마치 동전의 앞뒤와도 같습니다. 동전의 앞이 없으면 동전의 뒤가 있을 수 없고, 동전의 뒤가 없으면 동전의 앞이 있을 수 없는 것처럼 말입니다. 만약 세상에 '어둠'이 존재하지 않는다면 저는 결코 '밝음'이라는 개념을 인식할 수 없게 됩니다. 어둠이라는 개념을 통해 저는 그 반대되는 밝음이라는 개념을 비로소 인식할 수 있게 되었던 것입니다. 같은 이유로 거짓이 존재하지 않는다면 진실이란 존재할 수 없으며, 구속이 존재하지 않는다면 자유도 존재할 수 없게 됩니다.

7-8

어둠이 있기에 밝음이 존재할 수 있었습니다.

거짓이 있기에 진실이 존재할 수 있었습니다.

불행이 있기에 행복이 존재할 수 있었습니다.

악함이 있기에 선함이 존재할 수 있었습니다.

증오가 있기에 사랑이 존재할 수 있었습니다.

구속이 있기에 자유가 존재할 수 있었습니다.

실패가 있기에 성공이 존재할 수 있었습니다.

절망이 있기에 희망이 존재할 수 있었습니다.

슬픔이 있기에 기쁨이 존재할 수 있었습니다.

이별이 있기에 만남이 존재할 수 있었습니다.

과거가 있기에 미래가 존재할 수 있었습니다.

순간이 있기에 영원이 존재할 수 있었습니다.

의심이 있기에 믿음이 존재할 수 있었습니다.

두려움이 있기에 용기가 존재할 수 있었습니다.

가난함이 있기에 부유함이 존재할 수 있었습니다.

죽음이 있기에 삶이 존재할 수 있었습니다.

7-9

저는 지금껏 사람이 겪어야 하는 수많은 고통과 괴로움들을 저주하고, 왜 그래야만 하는지를 항상 되물으며 하늘을 원망해 왔었습니다. 그러나 만약 그러한 고통과 괴로움이 존재하지 않는다면 우리 인간은 이 세계에 존재해야 할 아무런 이유도 없다는 것을 알게 되었습니다. 그것과 상대되는 그 어떤 기쁨도, 행복도, 사랑의 개념도 체험할 수 없게 될 것이기 때문입니다. 저는 그것을 깨달았습니다.

7-10

너를 자유로울 수 없게 하는 것들이 온 세상에 가득한데,

사실은 그런 것들이 너를 자유롭게 한다.

너를 사랑일 수 없게 하는 끔찍한 일들이 너무나 많이 벌어지는 세

상인데,

사실은 그런 것들이 너를 사랑이게 한다.

모든 것은 너를 위해 그리고 우리 인간을 위해 존재하고 있느니라.

7-11

인간은 왜 고통 받아야 하는가? 이제 너는 나에게 이러한 질문 대
신 '인간은 무엇 때문에 이러한 상대적인 체험을 해야 하는가?' 라고
물어야 할 것이다. 그러나 그것은 네가 두 번째의 이치를 찾아 실감
한 이후에 다시 이야기하자.

8. 두 번째 이치

저는 두 번째의 이치를 찾기 위해 또다시 고민하기 시작했습니다. 스승께서는 해답을 찾기 전에는 당신을 찾지 말라하셨습니다. 그래서 화두처럼 스승님의 질문을 붙들고, 그 질문이 꿈속에서까지 반복될 만큼 저는 고민하고 또 고민했습니다. 그러나 처음으로 찾아냈던 이치보다 두 번째의 이치는 범위도 넓고 더욱 난해한 것이어서 생각하는 자체만으로도 고난이 되었습니다. 그렇게 또다시 몇 주의 시간이 흘렀습니다. 생각만 하면 뒷머리가 지끈거릴 만큼 한

순간도 예외로 두지 않고 고민했던 터라, 머리도 식힐 겸해서 오랜
만에 친구랑 PC방을 찾았습니다. 제 옆에는 형제로 보이는 꼬마 녀
석 둘이 앉아 있었고, 저는 그 옆에서 친구와 게임을 즐기고 있었습
니다.

8-2

"형아 이 새끼 봐라!"
"야! 왜 그래?"
"이 새끼 사기 치려고 그런다."
"욕해줘!"
"응!"

8-3

　저는 말없이 옆자리의 꼬마 녀석들을 바라보았습니다. 게임에 열
중해 자판을 두들기는 녀석들을 바라보는 제 마음속 깊은 곳에서
무엇인가가 번뜩하고 지나갔습니다. 순간 온몸에 소름이 돋았고 막

혀있던 변기통이 뚫리듯 머릿속이 환하게 밝아졌습니다. 그리고 그 날 저녁 저는 다시 스승님을 뵈었습니다.

8-4

"스승님 진실이란 아는 것입니다!"

스승님은 대답 대신 짧은 미소를 지으시며 고개를 끄덕이셨습니다. 그런 스승님의 미소를 바라보는 제 눈에서는 어느새 눈물이 솟아나고 있었습니다. 평생을 방황하며 그토록 확인하고 싶었던 그 해답 중 하나를, 저는 만나게 된 것입니다. 누군가에게 그렇게도 듣고 싶었던 이야기들을 저는 비로소 듣게 되었던 것입니다. 스승님은 저를 위해 자리를 피해주셨고, 저는 그 자리에서 살아온 모든 것을 돌이켜 보았습니다. 스승께서 무엇 때문에 두 가지의 이치를 찾아 실감하라 한 것인지, 스승님 말씀처럼 너무도 실감할 수 있었습니다.

8-5

우주의 근본이치는 바로 태극이다. 그러므로 두려움과 용기가 다르지 않고, 절망과 희망이 다르지 않으며, 구속과 자유가 다르지 않으니 만물이 이렇게 비롯되었다. 사람은 언제나 두려움과 절망과 구속을 피해 끊임없이 달아나려하지만, 그럴수록 진실한 용기와 희망과 자유에서도 더욱 멀어질 수밖에 없는 것이다.

단 한순간도 가난함을 체험해 본 적이 없는 사람이 온 세상의 금은보화를 모두 가지게 된 것보다 평생을 가난하게 살아온 사람이 자신의 집을 장만하게 되었을 때 느끼게 되는 부유함이 더 큰 것도, 가난함을 통한 체험과 고난의 정도가 상대적으로 부유함을 느끼게 해주는 때문이니 이 이치가 이러하다.

더 혹독한 굶주림을 겪을수록 같은 양식을 두고도 더 귀하게 받아들인다. 절망이 깊을수록 희망이 높으며, 증오가 깊을수록 그는 언젠가 그것과 상대적인 더 큰 사랑을 만나고 체험하게 되는 것이다. 성공이란 얼마나 높이 올라갔느냐가 아니라 얼마나 낮은 곳까지 실패해 보았느냐 하는 문제인 것이다. 그러므로 가장 낮은 곳에 임하

는 자가 가장 높은 곳에 오를 수 있는 자이며, 가장 힘겨운 실패를
겪어본 사람이 가장 찬란한 성공의 환희를 체험할 수 있게 되는 것
이다.

신(神)은 가장 높은 곳에 있지 않다.
가장 낮은 곳에 있기에 가장 높은 곳을 체험하는 존재이다.

우주의 근본 이치인 태극이자, 이러한 모든 상대적인 개념들을 그
렇다면 우리 인간은 무엇 때문에 체험하고 있는가. **그것은 바로 존
재함을 누리기 위해서이다.** 그러나 지금은 굳이 이 말을 이해하려
하지 마라. 앞으로의 공부를 통해 너는 기어이 모든 것을 확인하게
될 것이다.

8-6

네가 말했듯이 진실이란 바로 아는 것이다. 사실에는 믿음이 필요
하지 않다. 그러므로 믿음이 필요한 것은 사실이 아닐 수도 있다는
말이다. 사실이 아닌 것이 어찌 진실이 될 수 있겠느냐? 이제 네가

두 번째로 찾아낸 이치를 말해 보아라.

– 저는 아이들을 통해 그것을 알았습니다.

그것은 무엇이냐?

– 어린아이가 고집을 멈추지 않는 이유는 고집 센 누군가를 통해 절실한 곤란을 체험해보지 않았기 때문이며, 고집을 부리는 것이 타인에게 어떠한 곤란을 주는지 모르기 때문입니다. 아이가 그것을 절실히 알게 된다면 아이는 스스로 자신의 태도를 바꾸게 될 것입니다.

그러하다. 도둑놈이 도둑질을 하는 것은 도둑질을 하지 말아야 하는 이유를 모르기 때문에 하는 것이다. 안다고 해도 도둑질을 멈추지 않을 만큼만 알고 있는 것이기 때문이며, 타인의 도둑질을 통해 도둑질을 멈출 만큼 곤란함을 절실하게 체험해보지 못했기 때문이다.

– 그러므로 모두가 진실을 표현하며 살아가고 있다는 것을 알았습니다. 그 누구도 거짓으로 살아가지 않습니다. 거짓말쟁이는 거짓말을 하는 것이 당연하며 그것이 거짓말쟁이에게는 바로 진실이기

때문입니다. 그렇기에 누구도 잘못되지 않습니다. 사람은 누구라도 죄가 없습니다. 모두는 모두에게 아는 만큼 진실을 살아가고 있기 때문입니다. 진실을 살아가는 사람에게 진실이 죄가 되어 거짓으로 살아가라 한다면, 그것은 이미 하늘이 아닙니다.

참으로 그러하다!

- 진실이란 아는 것입니다. 되어야 하는 것이 아니라 왜 그래야 하는지를 절실히 알게 되어 스스로에게서 절로 이루어져야 하는 것입니다. 한순간도 넘어져 절망한 적이 없는 사람이 넘어져 절망을 체험할 때, 고집을 멈추지 않는 아이가 누군가를 통해 절실한 곤란을 체험하게 될 때, 절망을 체험한 사람의 안에서는 자신과 같은 절망을 체험하고 있는 타인을 향해 안타까운 마음이 절로 일어나며, 곤란을 체험한 아이는 스스로 원해서 자신의 태도를 바꾸게 될 것입니다. 또한 거기에는 그 어떠한 노력도 필요하지 않습니다. 스스로에게서 절로 이루어지는 것이기 때문입니다. 그것이 바로 진실입니다.

8-7

거짓말쟁이가 예수님의 말을 흉내낸다 하여 그 말이 어찌 진실이 될 수 있겠느냐? 거짓말쟁이에게는 오히려 거짓말이 진실인 것이다. 이렇듯 사람은 누구나 각자의 수준에 맞는 진실을 표현하며 살아간다. 그럼에도 진실로 살아가기 위해 노력한다 하니 이 어찌 아이러니한 일이 아닐 수 있느냐? 오래전 내가 수행을 할 적에 나는 끊임없이 지금보다 더 나은 존재가 되려고 했었다. 항상 먼저 남의 입장을 생각하고 배려하기 위해 안간힘을 썼었지. 그러던 어느 날 한 사람이 찾아와 우리와 함께 공부하기를 원하였다. 말이 어눌한 분이었는데 어릴 때 큰 병을 앓아 그 후로 말을 더듬게 되었다고 하더구나. 하여튼 이 분은 선배 도반들이 하는 허튼소리, 아무것도 아닌 이야기 하나에도 언제나 귀를 기울여 듣고는 했었는데, 우린 그 사람이 그렇게까지 하는 이유를 며칠이 지나지 않아 곧 이해하게 되었었다. 지금까지 누구도 더듬거리는 이 사람의 이야기를, 그 이야기를 통한 이 사람의 마음을 기다려 이해하려하지 않았다는 것을 말이다. 언제나 자신의 마음을 타인에게 이해받지 못했기에, 그래서 그 외로움을 누구보다 잘 알고 있었기에 이렇게 아무것도 아닌 허튼소리 하나에도 귀를 기울여주고 있었다는 것을 말이다. 물어보니 수도를 시

작한지도 1년이 조금 넘으셨다 하는데, 10년이 다 되어가는 내가 아직도 남을 이해하기 위해 안간힘을 쓰고 있는 모습이 참으로 어색하게 느껴지더구나. 그런 그분 앞에서 내가 하는 공부에 대해 많은 회의가 느껴졌고, 결국 나는 수행을 그만두게 되었다.

8-8

장애인으로 태어나 소외받고 외면 받으며 살다가 죽어, 그 기억을 간직한 채로 다시 태어났다고 한다면, 그는 장애인들을 위해 아주 많은 일들을 하려고 할 것이다. 스스로의 마음에서 절로 안타까운 마음이 일어날 것이기 때문이다. 장애인으로 살아가는 삶이 얼마나 힘겹다는 것을 너무도 잘 알고 있기 때문이다. 그 마음은 노력으로 만들어지는 것이 아니다. 체험하고 알게 되어 스스로에게서 절로 일어나는 마음인 것이다. 바로 이것을 진실이라 한다.

– 정말로 그렇습니다! 스승님.

일찍이 성인들은 말하였다. 원수를 사랑하라. 그러나 원수를 절로 사랑하게 될 만큼 그래야 하는 까닭을 절실히 알지 못하는 이들에게

오히려 그 말은 독이 된다. 그것은 거짓으로 살아가라 강요받는 것과 다르지 않다. 태어나서 단 한 번도 육체적인 아픔을 느껴본 적 없는 아이가, 어찌 아픔을 겪고 있는 타인을 향해 안타까운 마음을 지닐 수가 있더란 말이냐. 성인의 가르침대로 애써 안타까운 마음을 가지려 용을 쓰고 노력한들, 또한 그것을 어찌 아이에게 진실이라 말할 수가 있더란 말이냐.

성인들의 가르침은 맹목적으로 받아들여야 하는 것이 아니라, 아직 그 수준에 이르지 못한 많은 이들에게 이정표가 됨으로써 의미가 되는 것이다.

3살 아이나 90살 노인이나 이 세계를 살아가는 누구와도 격리되어 있지 않은 참 진실과 진리에 이르는 법. 스승님의 가르침을 배우며 저는 이치야 말로 모두에게 함께하는 천법(天法)이란 것을 다시 한 번 확인할 수 있었습니다.

그러나 정녕 눈앞의 이 현실의 삶이 모든 것의 전부이고, 죽음이 모든 것의 끝이 된다면 지금까지의 이야기들 또한 모두가 부질없는

것이 될 뿐이다. 죽음을 맞이하는 순간까지도 평생을 실패만 거듭한 사람도 있을 것이고, 지독한 가난에 죽도록 고생만 하며 살다가 이 생을 떠난 사람들도 무수히 많을 것이 아니겠느냐?

— 그렇습니다.

\# 그러함에 이제부터 네가 배우게 될 이치들은 삶과 죽음, 윤회(輪 廻)의 실체와 창조 그리고 하느님에 관해서이다. 그리하여 너는 앞 으로의 공부를 통해 앞서 네가 찾고 실감했던 두 가지의 이치들을 더욱 실감하게 될 것이다.

— 가르침을 받습니다.

9. 뒤바뀐 자리

9-1

창문으로 부서져 내리는 아침 햇살의 은은함이 스승님과 마주하고 앉아있는 작은 방안을 신비롭게 물들이고 있었습니다. 한참을 말이 없던 스승께서는 문득 한 손으로 사과를 들어 보이시며 저에게 말했습니다.

이것은 무엇이냐?

– 사과입니다.

틀렸다!

- 스승님, 이것은 분명한 사과인데 어찌하여 틀렸다는 것입니까?

그것이 네가 지금부터 찾아야 할 이치이다.

9-2

2005년 9월 10일. 저는 그렇게 또 다른 진실을 만나기 위한 수행을 시작하게 되었습니다.

- 먼저 눈을 감고 앉아 오로지 생각만을 사용하여 답을 찾되 되도록 몸의 움직임이 없어야 할 것이다. 또한 답을 찾아내기 전에는 네가 앉은 자리에서 한 발자국도 움직일 수 없느니라. -

저는 스승님 앞에서 허리를 세우고 앉아 눈을 감았습니다. 굳이 애쓰지 않아도 생각이란 당장에 일어나게 될 것인데, 보태어 이 이치를 생각으로 찾으라 하시니 막아놓았던 제방이 허물어지듯 생각은 끊임없이 쏟아져 나왔습니다. 그러나 무엇을 떠올려 보아도 막

막함만이 버티고 있을 뿐, 스승님의 의중을 이해할만한 그 어떤 것
도 찾을 수가 없었습니다.

그대로 점심도 거른 채 오후가 되어, 앉아 있은지 일곱 시간이 넘
어서자 육체의 이곳저곳에서 아우성치듯 통증이 밀려들었습니다.
다리는 저리다 못해 마치 남의 다리를 붙여놓은 것처럼 감각이 둔
해져 있었고, 허리는 금방이라도 끊어져 버릴 것 같았으며 누군가
목이라도 졸라대고 있는 것처럼 가슴이 답답해서 견딜 수가 없었습
니다.

내가 지금껏 무엇을 위해 어떻게 살아왔는지 그 기억이 다른 누
구도 아닌 자신에게 만큼은 너무도 절실할 수밖에 없었기에, 저는
진리를 향한 이 걸음을 조금도 지체하고 싶지 않았습니다. 이 길의
끝을 볼 수 없다면 정말이지 나는 아무것도 아닌 존재가 되어버린
다고 스스로를 채찍질하며, 그래서 몸이 힘들면 힘들수록 더욱더
생각에 열중하며 안간힘을 쓰게 되었습니다.

영원을 두고 써도 모자랄 것처럼 생각이란 참으로 끊임없이 이어

지고 터져 나왔습니다. 12시간, 그러니까 꼬박 하루의 절반을 저는 생각 속에 묻혀 스승께서 말씀하신 이치를 찾고자 하였습니다. 하지만 그럼에도 답은 본래부터 없는 것처럼 도무지 찾을 수가 없었고 육체의 고통도 이미 끔찍한 수준을 넘어서 있었습니다. 진실을 알고자 하는 마음은 간절하되, 결국 생각은 저절로 내려져 버렸습니다. 생각을 하려해도 생각이 들려지지 않는 지경에까지 이르게 된 것이었습니다.

그러던 한 순간, 저에게 마치 제 몸이 산산조각 나서 온 우주로 흩어져 버리는 것 같은 경이로운 체험이 일어났습니다. 그 무엇으로도 표현할 수 없는 청량감이 온몸을 관통하듯 훑어내고 있었습니다. 돌처럼 굳어버린 목덜미와 머리도, 정신이 아찔할 만큼 통증이 느껴지던 뒷머리도, 끊어질 듯 아파왔던 허리의 통증도 모든 것이 거짓말처럼 사라져 버렸습니다. 그것은 제가 스승께서 말씀하신 이치를 확인하게 되면서 일어난 경이로운 체험이었습니다.

9-3

– 스승님 찾았습니다!

저는 눈을 뜨고 스승님을 향해 소리치듯 말했습니다. 그러자 스승께서는 말씀 대신 다시 한 손으로 사과를 들어 보이셨습니다.

이것은 무엇이냐?

– 저는 그것을 무엇이라고 말할 수가 없습니다. 스승님, 무엇을 말하든 그것은 틀린 것이 되기 때문입니다.

어찌하여 그러하냐?

– 배고픈 자에게 그것은 달콤한 사과로 비추어 질 것이고, 배부른 자에게 그것은 끔찍한 사과로 비추어 질 것이기 때문입니다.

다시 말해 보아라.

– 제가 사과라고 말할 때의 그 사과는 실재가 아닌 제 생각 속의 관념일 뿐이었습니다. 진짜 사과는 오직 스승님의 손에 들려진 그것뿐입니다.

고생하였다.

– 감사합니다. 스승님.

9–4

내가 누구냐고 너에게 묻는다면, 너는 나를 스승이라 말하며 어떠한 사람이라고 생각할 것이다. 그러나 그것은 내가 아니다. 네가 비추어내는, 네 생각 속에 그려진 스승이라는 그림이자 관념일 뿐이다. 같은 칼을 두고도 부처와 살인자의 의식 속에서 그 칼이 똑같은 것으로 인식될 수 없는 것과 같이 하나의 사과를 두고도 모두가 다르게 인식할 수밖에 없으니, 말하자면 같은 것은 이름만이 되는 것이다. 그러므로 **'무엇을 무엇이다'** 라고 말하는 것은 그것이 무엇이든 **실재가 아닌 스스로가 비추어내고 인식하는 관념일 뿐일지니,** 그렇다면 이제 같은 이치로 내 너에게 다시 한 번 묻고자 한다.

"너는 누구인가?"

순간, 강렬한 통찰이 저에게서 이루어졌습니다. 그런 저를 향해 스승께서는 계속해서 말씀을 이어가셨습니다.

\# 너는 누구냐고 내가 물으면 너는 '어떠어떠한 나입니다' 라고 대답할 것이다. 그 순간을 멈추어놓고 가만히 바라보면 어떠어떠한 자신이 자신의 생각 속에 존재하는 관념이라는 것을 곧 이해하게 된다. 즉, 자신이 생각이라는 연필로 지금껏 스스로를 그려내고 있었다는 사실을 확인하게 되는 것이다. 바로 이를 말하여 '에고(ego)' 라 부른다.

\# '나는 지금 이러이러한 나인데 나는 앞으로 어떠한 내가 되겠다!' 라고 생각하는 한 사람이 있다. 그렇다면 이러이러한 나는 누구이며, 누가 만들어 냈으며 어디에 존재하는가? 또한 앞으로의 어떠한 나는 누구이며, 누가 만들어 냈으며 또한 어디에 존재하고 있는 것인가?

\# 이러이러한 나는 생각이 만들어 냈으며, 생각 속에 존재하고 있으며, 생각 속에 존재하는 관념이다. 또한 앞으로의 어떠한 나도 생각이 만들어 냈으며, 생각 속에 존재하고 있으며, 생각 속에 존재하는

관념이다.

**"너는 이제껏 생각하는 존재가 아니라 스스로가 생각 속에 정의한
어떠한 존재를 자신이라 착각하며 살아왔던 것이다."**

'어떠한 나'라고 하는 것이 스스로가 생각으로 만들어놓은 실재가
아닌 한낱 관념일 뿐일진대, 사람들은 이러한 관념에다 더 빛나는
옷을 입혀주기 위해 끊임없이 고민하고 남들과 비교하여 스스로를
헛되이 괴롭게 하고 있다. 빛나는 나도, 위대한 나도, 초라한 나도,
못나고 불쌍한 나도, 생각 속의 관념일 뿐일진대 그러한 관념이 관
념인줄 모르고 마치 실재의 자신인 것처럼 착각하여 숱한 세월들을
시름으로 보냈으니, 정녕 여기에서 비롯된 온갖 번뇌가 죽어서도 떨
어지지 아니하는 것이다.

"그러므로 이제 너는 네가 만들어놓은 생각 속의 존재에서 생각하는
존재로의 뒤바뀐 자리를 되찾아, 생각 속의 허깨비가 아닌 생각하는
자신이 주인이 되어 온 세상의 모든 진실들을 새로이 만나고 체험해
야 하느니라."

– 스승님, 그렇다면 무엇을 나라고 하여야 합니까? 생각하는 육체가 나입니까? 아니라면 진실한 나 자신은 무엇이며, 누구이며, 어디에 있습니까?

그러하다. 너는 바로 나에게 그렇게 물었어야 했다. 예컨대, 네가 만약 내일 아침 눈을 떴을 때 누군가와 육체가 뒤바뀌어 잠에서 깨어나게 되었다고 한다면, 그렇다면 너는 뒤바뀐 새로운 육체를 너라고 할 것이냐? 아니면 육체 안에 들어있는 마음을 너라고 할 것이냐?

– 마음을 자신이라 할 것입니다.

그렇다면 네 마음이란 무엇이며, 어디에 있느냐?

– …….

너는 이제 그것을 확인하게 될 것이다.

10. 반야심경(般若心經)과 양자역학

10 - 1

\# 너는 지금부터 한 달간, 불교의 정수라고 할 수 있는 반야심경(般若心經)을 읽고 그 이치를 현대과학을 통해 확인하라. 지금부터의 공부가 얼마나 중한지 알고, 먹고 자고 숨쉬는 어느 한 순간에도 공부에서 손을 놓지 말라.

– 그러하겠습니다.

반야심경(般若心經)

摩訶般若波羅蜜多心經

마 하 반 야 바 라 밀 다 심 경

위대한 지혜로 깨달음에 이르는 가장 중요한 가르침

[본문]

觀自在菩薩行深般若波羅蜜多時

관 자 재 보 살 행 심 반 야 바 라 밀 다 시

− 관자재보살께서 깊은 지혜로 깨달음에 이르는 실천을 행하실 때

照見五蘊皆空度一切苦厄

조 견 오 온 개 공 도 일 체 고 액

− 모든 존재를 구성하는 다섯 가지 요소가 텅 비어있는 것을 비추어 보고 온갖 괴로움과 재앙을 벗어났다.

舍利子色不異空空不異色色卽是空空卽是色受想行識亦
復如是
사 리 자 색 불 이 공 공 불 이 색 색 즉 시 공 공 즉 시 색 수 상 행 식 역
부 여 시

– 사리자여. 물질이 공과 다르지 않고 공이 물질과 다르지 않으며, 물
질이 곧 공이요 공이 곧 물질이니, 느낌과 생각과 의지와 판단도 또한
그러하다.

舍利子是諸法空相不生不滅不垢不淨不增不減
사 리 자 시 제 법 공 상 불 생 불 멸 불 구 부 정 부 증 불 감

– 사리자여. 이 모든 사물은 공하여 생겨나지도 않고 없어지지도 않으
며, 더럽지도 않고 깨끗하지도 않으며, 늘지도 않고 줄지도 않는다.

是故空中無色無受想行識無眼耳鼻舌身意無色聲香味觸法
시 고 공 중 무 색 무 수 상 행 식 무 안 이 비 설 신 의 무 색 성 향 미 촉 법

– 그러므로 공 가운데에는 물질도 없고, 느낌과 생각과 의지와 판단도
없으며, 눈과 귀와 코와 혀와 몸과 생각도 없으며, 빛과 소리와 냄새와
맛과 촉감과 생각의 대상도 없다.

無眼界乃至無意識界無無明亦無無明盡乃至無老死亦無
老死盡
무 안 계 내 지 무 의 식 계 무 무 명 역 무 무 명 진 내 지 무 노 사 역 무
노 사 진

– 시각의 영역도 없고 의식의 영역까지도 없으며, 어리석음도 없고 또
한 어리석음이 다함도 없으며 늙고 죽음도 없고 또한 늙고 죽음이 다
함까지도 없다.

無苦集滅道無智亦無得以無所得故菩提薩陀依般若波羅
蜜多故心無罣碍
무 고 집 멸 도 무 지 역 무 득 이 무 소 득 고 보 리 살 타 의 반 야 바 라
밀 다 고 심 무 가 애

– 괴로움, 괴로움의 원인, 괴로움의 없어짐, 괴로움을 없애는 길도 없
으며, 지혜도 없고 또한 얻는 것도 없다. 얻을 것이 없는 까닭에 보살
은 반야바라밀다를 의지하므로 마음에 걸림이 없다.

無罣碍故無有恐怖遠離顚倒夢想究竟涅槃三世諸佛依般
若波羅蜜多故得阿耨多羅三藐三菩提
무 가 애 고 무 유 공 포 원 리 전 도 몽 상 구 경 열 반 삼 세 제 불 의 반
야 바 라 밀 다 고 득 아 녹 다 라 삼 먁 삼 보 리

– 걸림이 없으므로 두려움이 없어서 뒤바뀐 헛된 생각을 멀리 떠나
마침내 열반에 이른다. 과거, 현재, 미래의 모든 부처님들도 이 반야바

라밀다를 의지하여 위 없는 올바른 깨달음을 얻었다.

故知般若波羅蜜多是大神呪是大明呪是無上呪是無等等
呪能除一切苦眞實不虛
고 지 반 야 바 라 밀 다 시 대 신 주 시 대 명 주 시 무 상 주 시 무 등 등
주 능 제 일 체 고 진 실 불 허

– 그러므로 알아라. 반야바라밀다는 가장 신비한 주문이며, 가장 밝은
주문이며, 가장 높은 주문이며, 어느 것에도 견줄 수 없는 주문이니,
능히 온갖 괴로움을 없애주고, 진실하여 허망하지 않다.

故說般若波羅蜜多呪卽說呪曰揭諦揭諦波羅揭諦波羅僧
揭諦菩提薩婆訶
고 설 반 야 바 라 밀 다 주 즉 설 주 왈 아 제 아 제 바 라 아 제 바 라 승
아 제 모 지 사 바 하

– 그러므로 반야바라밀다의 주문을 말해주니, 주문은 곧 이러하다.
아제아제바라아아제바라승아제모지사바하

10-3

　스승님의 말씀에 따라 저는 반야심경을 외울 만큼 읽었고, 그리
고 현대과학을 공부하기 시작했습니다. 그중에서도 양자역학에 대

해 더욱 관심을 가지고 공부하게 되었는데, 참으로 놀라운 사실들을 계속해서 알아가게 되었습니다. 진리를 찾고자 하는 수행의 길을 걸어왔으면서도 어떻게 이런 사실들을 지금껏 모르고 살아올 수 있었는지 억울함마저 느껴지게 되었습니다.

현대과학과 양자역학

먼저 물질을 구성하는 미세한 크기의 물체를 입자라고 합니다. 또한 입자와 물리적 속성이 같으면서도 반대의 전하를 가지는 양전자, 반양성자 따위를 반입자라고 합니다. 여기에서 입자와 반입자 즉, 전자와 양전자를 입자가속기를 통해 충돌시키면 질량을 가진 두 입자는 사라지고 에너지가 생성됩니다. 바로 물질이 에너지로 변환된 것입니다. 반대로 고에너지의 감마선으로부터 입자와 반입자의 쌍을 만들 수도 있는데 이를 쌍생성(pair creation)이라고 합니다. 즉, 에너지가 물질로 전환된 것이며 따라서 물질이 곧 에너지이고 에너지가 바로 물질이 됩니다.

아인슈타인은 세상에서 가장 아름다운 공식이라 일컬어지는 'E = mc²' 을 통해 에너지와 물질 사이의 관계를 해명해냈습니다. 그 이후 많은 실험을 거쳐 상대성 이론은 정당성을 확인하게 되었고, 이 이론을 바탕으로 원자력이 실용화되었으며 물질의 실체가 에너지로 인식되는 시대가 되었습니다.

1982년 남파리대학교 광학연구소의 아스펙트와 그의 동료들은 서로 다른 방향으로 날아가는 2개 광자의 편광각을 측정하는 실험을 통해, 겉으로 보기에 공간적으로 분리되어 있는 것 같은 물리적 존재들이 실제로는 하나로 연결되어 있는 비국소성(非局所性) 존재라는 것을 증명하게 되었습니다. 쉽게 말해 여기에서 저기로의 정보전달이 아니라 순간적으로 동시에 알게 된다는 것입니다. 우주의 한 귀퉁이에서 일어나는 자극을 우주의 반대편에서 동시에 알게 되는, 이른바 우주 전체는 하나의 파동으로 연결된 그 무엇이라는 것입니다. 즉, 누군가 일으키는 사소한 감정에너지 하나를 우주 전체가 순간적으로 알게 된다는 것입니다.

이렇듯 우주는 분리되어 있지 않은 거대한 하나의 '에너지덩어리' 입니다. 우리가 보고 듣고 느끼는 모든 것과 인식되는 공간감까지도 모두가 에너지의 작용과 반응일 뿐입니다. 바로 에너지가 어떤 원리에 의해 꽃으로 표현되고, 나무로 표현되고, 구름과 바람, 소리와 유리컵으로 표현된 것입니다. 그러므로 '육체가 무엇을 느낀다' 라고 함은 에너지가 에너지를 느끼는 것이고, '육체가 무엇을 본다' 라고 함은 에너지가 에너지를 보는 것과 다르지 않습니다.

정신과 물질의 두 실재를 우주의 근본원리로 삼는 이원론적 세계관은 아직도 많은 사람들에게 보편적인 인식으로 자리 잡혀 있는 것이 사실입니다. 이것은 쉽게 말해 정신과 물질이 서로 다르다는 것인데, 이러한 입장에서는 물질적 관찰 대상의 상태가 관찰자의 마음과도 당연히 관계가 없어야만 했습니다. 이원론적 세계관에 물들어 있는 많은 사람들에게 이것은 차라리 상식과도 같은 것이었습니다.

그러나 경이로울 만큼 고도로 발달된 현대과학과 양자역학 시대에 이르러 물리학자들은 원자세계에 들어가 입자를 관찰하게 되었고, 고전물리학에 정면으로 반하는 물질의 이중성을 발견하게 되었습니다. 즉, 때로는 입자이면서 때로는 파동으로 나타나는 물질의 두 얼굴을 확인하게 되었던 것입니다(파동은 물질이 아닌 운동현상으로써 물질이 될 수 없습니다).

정신적인 것들과 엄연히 구분되어 있어야만 했던 물질인 입자가 관찰자의 의식에 따라 결코 물질일 수 없는 파동의 성질을 나타내게 된다는 사실을 확인하게 된 20세기의 물리학자들은 이 거대한 사건으로 인해 딜레마를 겪으며 숱한 역리와 함께 과학적 한계와 마주하게 되었습니다. 요컨대 '모든 것이 마음이다' 라는 신비적 핵심에 다가서게 된 것입니다.

미국을 대표하는 트랜스퍼스널심리학의 대가이자 의식연구의 아인슈타인이라는 평가를 받으며 전 세계 수많은 전문가와 지식인들의 존경을 받고 있는 미국의 켄 윌버는 천재 물리학자이자, 대부분이 노벨상 수상자인 아인슈타인, 닐 보어, 볼프강 파울리, 아더 에딩턴, 제임스 진즈 등의 글을 모아 자신의 책을 통해 다음과 같이 소개하였습니다.

"인간은 우리가 '우주' 라고 부르는 전체의 일부분, 시간과 공간에

의해 한정된 일부분이다. 인간은 자신이 아닌 다른 것들과 분리되어 있다고 생각하지만, 이는 인간 의식의 시각적인 착각에 지나지 않는다." | 아인슈타인

"우리는 어떤 영적인 존재의 마음속에 존재한다." | 진즈

"여러분을 포함한 다른 의식 있는 존재들은 모든 것 안에 존재하는 모든 것이다. 따라서 여러분의 생명은 단순히 전체의 부분이 아니라 어떤 의미에서는 '전체' 그 자체이다." | 슈뢰딩거

"신비주의에 의하면 분리된 자아나 한정된 자아를 넘어서거나 초월하게 되면, 우리는 그 자아 대신 지고(至高)의 자신(Identity)을 발견하게 된다. 이는 전체와 하나인 자기, 우주 의식과 하나인 자기, 무한하고 우주에 가득차있으며 영원불변하는 자기 자신이다."

| 켄 윌버

반야심경과 양자역학 등의 현대과학을 통해 저는 그동안 몰랐었던 많은 새로운 사실들을 발견하게 되었고 그리고 무엇보다 과학이란 이름으로도 물질과 정신을 더 이상 분리시켜 놓을 수 없다는 사실에 무척이나 충격을 받았습니다. 서기 2005년 첨단의 과학으로 작금의 시대에 이르러서야 비로소 확인할 수 있는 진실을, 2000년도 더 이전의 시대를 살면서 부처님께서는 모든 물질이 공하다는 것을 어떻게 알 수 있었을까요? 저는 이러한 모든 것을 공부하면서 알게 된 사실과 그 실체들에 경외감마저 느끼게 되었습니다. 그리고 어느새 스승님과 약조한 날이 되어 다시 스승님을 뵈었습니다.

11. 영원의 서

11-1

에너지란 무엇인가? 형태와 실체가 없으며 시작되어 언젠가는 사라질 수밖에 없는 물거품과도 같은 것이다. 에너지란 결국 '없음'과도 같으며, 없음이란 관념이다. 관념이 존재할 수 있는 곳은 마음 안에서 만이다. 마음 밖에서는 없음조차 존재할 수 없다. 그러므로 물질이란 존재하지 않으며 단지 에너지가 이런 식으로 표현된 것을 우리는 지금껏 물질이라 정의하고 인식하였을 뿐이다. 20세기의 물리학자들이 과학의 태생적인 한계를 넘어 오히려 종교적인 세계관에

젖어들게 된 것도, 과학의 끝에서 만난 실재가 바로 역리(逆理)였기 때문이다.

"처음부터 물질이란 없으며 마음만이 존재하였다."

\# 모든 것은 마음이다. 마음 아닌 것은 그 무엇도 존재하지 않는다. 너의 의식은 가장 먼저 육체 안에 갇혀있고, 다음으로 에고(ego) 안에 갇혀있으며, 다음으로 착각 안에 갇혀있는 것이다. 온 세상은 너의 밖에 있는 것이 아니라 실제 네 마음 안에 존재하고 있으며, 너는 에고에 갇힌 채 육체라는 수단으로 이 세계를 비추며 체험하고 있었으므로, 마치 너의 밖에 세상이 존재하는 것과 같은 착각을 할 수밖에 없었던 것이다.

\# 꿈이 의식속의 세계이듯이, 에너지의 세계인 이 우주는 마음 안의 세계이다. 그러므로 삶이란 마음이 만들어낸 꿈속 세계의 체험과 같으며 죽음이란 꿈에서 깨어나는 것과 같다.

스승께서는 더 이상의 말씀 대신 누렇게 색이 바랜 오래되고 얇은 책자 하나를 꺼내 놓으셨습니다. 저는 곧 스승님의 의중을 이해하게 되어 두말없이 집으로 돌아와 책자를 펼쳐보았습니다. 그것은 누군가 친필로 글을 적어놓은 것이었는데, 글자를 읽는데 무리는 없었습니다. 그 내용은 다음과 같습니다.

영원의 서

　너희는 나를 시작이며 끝이라 하였고, 있음이며 없음이라 하였으며, 질문이고 대답이라 하였다. 나는 무한하여 어디에도 있다 하였고, 또한 영원하다 하였으며, 또한 진리라고 하였다. 너희는 내게 창조주 혹은 하느님이란 이름을 붙여 주었으며, 너희와 너희가 아닌 모든 것들을 창조할 수 있는 권능까지도 주었다. 너희는 나를 모든 것이라 하였다. 그러함에 보라. 누가 누구를 창조하고 있는가. 나는 진실로 존재하지 않으며 나를 창조한 것은 오히려 너희들 쪽이다. 너희는 나를 하느님이라 하였지만 그것은 너희가 너희에게 주어야 하는 이름이다. 너희의 모든 오류는 너희 스스로가 누구인지를 알지 못하는 것에서 비롯되었다. 너희가 스스로를 알지 못하는 것은 너희 자신인 모든 것을 너희와 너희가 아닌 것으로 분리시켜놓았기 때문이다. 또한 이것은 너희가 너희로서 너희를 체험하기 위한 방법이었다. 그러함에 이제 너희에게 이르기를,

'너희가 바로 위대한 하느님이다.'

　너희는 각자가 다른 이름으로 수많은 얼굴들을 하고 있지만, 너희는 언제나 어느 순간에나 너희 자신의 얼굴을 대하고 있는 것이다. 그러므로 너희가 너희를 위하는 것은 너희 자신을 위하는 것이며, 너희가 너희를 해하는 것은 너희 자신을 해하는 것이다. 사랑이란 강요할 수 있는 것이 아니라 이루어지는 것이다. 그 누구도 너희에게 사랑을 강요하지 못한다. 그것은 이미 사랑이 아니기 때문이다. 오로지 너희를 위한 너희의 선택이어야 하며 모든 것이 너희이기에, 너희에게서 사랑이 이루어져야 하는 것이다. 너희의 진실은 하나이다. 존재하는 모든 것은 너희의 안에서 너희가 너희를 위해 창조해 낸 것이다.

　너희는 존재하는 순간부터 너희에게 모든 것이었으며, 무의식으로 존재하였다. 의식이란 무의식으로 존재하는 모든 것을 자각하며 체험하는 순간이다. 그러함에 너희는 무의식으로 존재하는 너희의 모든 것을 너희로서 체험하며 의식하고자 하였던 것이다. 이것이 바로 생명의 세계가 창조된 이유이다. 너희가 우주라 이름붙인 너희의 세계는 에너지이고,

에너지는 난 것이다. 난 것은 다하고 사라지니 공(空)이며 허상이며 꿈속과도 같아, 너희가 체험하는 에너지의 세계에서 너희는 누구라도 잘못되지 않는다. 그러함에 삶이란 마음이 만들어낸 꿈속 세계의 체험과 같으며 죽음이란 꿈에서 깨어나는 것과 같다. 만약 너희가 체험하는 이 세계가 꿈이 아닌 실체라면, 너희에게 죽음이란 끝이 된다. 그렇다면 너희는 무엇을 고민하는가?

四

너희는 이미 체험하여 의식한 것을 또다시 체험하지 않는다. 그러므로 너희에게 어떤 고통이 존재한다 하여도 그것은 너희가 처음으로 체험하며 의식하는 것이다. 너희에게 진실이란 아는 것이고, 너희는 스스로에 대해 아는 만큼 스스로가 되며 의식화된다. 그러함에 진실이란 아는 것의 다른 이름이다. 너희는 누구나가 진실을 표현하고 있으며, 또한 그럴 수밖에 없다. 너희에게 거짓이란 존재할 수 없으며, 너희는 다만 스스로를 의식하기 위한 상대적인 체험을 하고 있을 뿐이다. 너희는 겨자 씨가 사과나무로 자랄 수 없는 것과 같이 모든 여행의 끝에서 결국 너희 자신을 만나게 될 것이다.

　너희는 항상 문제의식을 지니고 모든 것의 답을 찾고자 하였다. 그것은 두려움으로부터 벗어나 진리 속에서 안주하고 안식하기 위함이었으며, 그리하여 수많은 종교와 다양한 수행방법들이 만들어졌다. 그러나 어느 누구도 궁극의 진리를 명확히 말하지는 못했으며, 할 수도 없었다. 무한한 너희를 너희 스스로가 진리를 위한 존재로 만들고자 하였기 때문이다. 하느님인 너희를 너희 스스로가 하느님을 위한 존재로 만들고자 하였기 때문이다. 너희는 미로 속을 헤매는 존재가 아니라 오히려 미로가 너희의 표현이자 일부다. 너희가 너희 자신이 모든 것임을 알아 더 없는 사랑에 이르게 될 때 너희는 너희 스스로가 만들어 놓은 모든 제한들을 오히려 축복으로 누리게 될 것이다. 무엇인가에서 완벽하게 벗어나고자 한다면 그것은 무엇인가를 온전히 사랑하게 될 때 뿐이다.

六

　너희가 해야 할 일이란 아무것도 없다. 너희에게 잘못이란 존재하지 않는다. 너희는 너희가 아닌 누군가를 사랑해야 할 필요도 없으며, 그것을 강요받아야 할 이유도 없다. 진실이란 너희가 스스로를 위해 기꺼이

하는 모든 것이기 때문이다. 너희는 너희가 아닌 어떤 존재도 단죄할 수 없으며, 그 어떤 존재에게서도 단죄당하지 않는다. 너희는 너희가 아닌 존재가 아니기 때문이며, 너희가 아닌 존재는 너희가 아니기 때문이다. 그러함에 오직 스스로가 스스로만을 단죄할 수 있고, 오직 스스로가 스스로만을 사랑할 수 있다. 지금 너희가 그러하듯.

七

　너희가 불행을 통해 행복을 체험하듯, 너희에게 존재하는 모든 제한들을 통해 너희는 무한의 자유와 권능을 누리게 될 것이다. 너희가 체험하는 이 세계에서의 죽음은 너희에게 영원의 개념을 선사하고 누리게 할 것이며, 너희의 모든 존재함의 고통은 너희에게 모든 존재함의 축복을 선사해 줄 것이다. 그러므로 너희는 너희가 체험하는 너희의 모든 죽음과 고통과 슬픔이 의식되는 순간을 기억하라.

'너희가 원하는 모든 것이 너희에게서 이루어지리니.'

11-3

– 스승님 이 글은 무엇입니까?

\# 내 스승의 스승께서 남기신 기록을, 내 스승께서 다시 옮겨 적으
신 것이다.

– 스승님 저는 이글을 어떻게 받아들여야 합니까?

\# 너는 이미 진실을 배우지 않았느냐? 언제나 네 마음 그대로면 족
하다.

– 그렇다면 저는 이제 무엇을 해야 합니까?

\# 너는 이 글을 통해 네 안의 이치들을 하나씩 밝혀나가는 공부를
계속하게 될 것이다. 그러다 보면 어느 순간엔가 천 갈래 만 갈래로
엉켜있는 실타래가 풀어지듯 모든 이치들이 네 안에서 하나로 일어
나는 경이를 만나게 될 것이다.

12. 의식과 무의식

– 이제까지의 공부와 스승님의 말씀에 따르면 결국 내 마음이 바로 모든 것이자 하나이자 전체이자 하느님이란 것입니다. 그러나 그렇다면 지금의 나라고 하는 것이 사라져 버리는 것만 같아서 스승님의 말씀을 받아들이기가 어렵습니다.

\# 나는 지금껏 너에게 가장 효율적이라 생각되는 수단, 즉 문제와 탐구, 특정 종교의 기록과 과학이란 방법을 통해 이치를 말하여왔다. 그러나 산을 오르는 길이 한 길만이 아니듯 실제 화두공부나 여

러 명상수행을 통해서도 우아일체(宇我一體)를 체험하기도 하는데 이러한 전체의 진실을 만나게 된 대부분의 수행자들이 네가 말하는 바와 같은 딜레마를 이곳에서 겪게 된다. 너의 말처럼 내가 없다면 나에게 전체가 무슨 소용이고 하느님이 다 무엇이란 말인가. 허나 이는 네가 아직 네 안의 모든 진실들을 확연히 밝혀내지 못하였기 때문에 비롯되는 오해에 불과하다.

\# 그러므로 너는 먼저 다음의 이치들을 더욱 온전히 밝혀내기 위해 의식과 무의식에 대해 알아야 한다.

– 그렇다면 의식과 무의식에 대해 먼저 가르침을 받고 싶습니다.

\# 너에게는 눈이 있다. 그러나 너는 눈이 있다는 것을 항상 의식하고 있지는 않다. 내가 지금 너에게 말했으므로, 너는 자신의 눈을 의식했을 것이다.

– 그렇습니다.

\# 아주 재미있는 영화를 볼 적에는 자신이 영화를 보고 있다는 사실을 의식하지 못한다. 영화 속에 빠져있기 때문이며, 영화를 보고 난

후에야 자신이 아주 재미있는 영화를 보았음을 의식한다.

– 그렇습니다.

너에게는 다리가 있다. 그러나 평소에는 너에게 다리가 있다는 사실이 의식되지 않는다. '의식하지 않지만 존재하는 것, 그것을 바로 무의식으로 있다'라고 한다.

너의 다리는 때로는 의식하는 순간에 존재하고, 때로는 의식하지 못하는 무의식속에 존재한다. 그러나 의식 속에 존재하든, 무의식속에 존재하든 너에게 다리가 있다는 것만큼은 틀림없는 사실이다.

– 그렇습니다.

한 번이라도 의식해 본 것은 언제라도 다시 의식할 수 있다. 이는 의식해 보았으므로 알게 되었기 때문이다. 그러나 한 번도 의식하지 못한 것은 그러할 수 없다. 바로 모르기 때문이다. 이것이 바로 의식과 무의식의 개념이다. 이렇게 의식과 무의식의 개념이 정립된 상태에서 다음의 이야기를 풀어나가야 한다.

12-2

사람은 처음 이 세계에 태어나 자신의 뱃속에 무엇이 들어있는지 아무것도 모른다. 모르지만 존재하니 그것은 무의식으로 존재한다. 그리고 자라면서 육체의 구조와 기능들을 하나씩 의식해 나가게 되는 것이다. 만일 처음부터 뱃속에 아무것도 들어있지 않았다면(무의식으로 존재하지 않았다면) 사람은 결코 뱃속의 그 무엇도 의식할 수 없게 된다. 아무것도 들어있지 않기 때문이다.

그러므로 너는 너에게 없는 것에 대해 궁금증을 가질 수도 없다. 또한 너에게 없는 것을 너는 너에게서 결코 찾아낼 수 없다. 겨자씨는 사과나무로 자랄 수 없으며, 겨자씨가 겨자나무로 자랄 수 있는 것은 겨자나무의 모든 것을 가지고 있기 때문이다.

"현재의 씨앗이 의식화된 것이라면 그 이후의 겨자나무까지는 무의식으로 존재하는 것이다. 또한 겨자나무까지가 무의식으로 존재하기에 씨앗은 앞으로 겨자나무까지를 체험하며 의식해 나갈 수 있는 것이다."

그러므로 만약 네 마음에 사랑이 무의식으로 존재하지 않는다면 너는 결코 사랑을 체험하거나 의식할 수 없다. 만약 네 마음에 자유가 무의식으로 존재하지 않는다면 너는 결코 자유를 체험하거나 의식할 수 없다.

– 그렇습니다. 스승님, 이제 의식과 무의식의 개념을 이해할 수 있을 것 같습니다.

12-3

그렇다면 이제 눈을 감고 내가 말하는 것을 그려보아라.

– 그러겠습니다.

처음 무의식으로 존재하는 바다가 있다. 무의식으로 존재하기에 있으나, 있음을 알 수 없다. 아무것도 알 수 없다. 이 바다에 의식의 한 빛이 일어나 얼마 정도가 밝아졌다. 즉, 밝아진 만큼 의식된 것이다. 그렇다면 의식되어 밝아진 그만큼의 크기만이 바다인가?

– 그렇지 않습니다. 그것은 바다의 일부입니다.

"그렇듯이 지금의 너도 너의 일부이다."

\# 태어나자마자 아무것도 모르는 아기일 적에도 너이고, 수많은 사연과 기억들을 간직한 지금의 너도 너이고, 앞으로 네가 체험하고 지금에 더하게 될 새로운 모든 기억들도 너이다. 너는 당연히 지금까지 의식된 만큼만을 자신이라 여기고 싶겠지만, 너의 마음이란 의식된 것과 아직 의식되지 않은 무의식의 모든 것을 합해 놓은 모든 것이다.

– 의식된 것과 아직 의식되지 않은 무의식의 모든 것을 합해 놓은 모든 것은 만물과 하나인 본성이자, 대아(大我)이자 시간 속에서 영속되는 존재가 아니라 순수하게 현존하는 모든 것 그 자체이다. –

12-4

\# 네가 만약 버스를 탈 수 있어서 먼 길을 쉽게 갈 수 있다면 그것은 너에게 혜택이다. 그러나 버스만을 타고 이동해야 한다면 그것은 너에게 강요이고 강제이다. 네가 태어나기 이전을 기억하지 못하는

지금의 입장에서는 네가 남자로 태어난 것 또한 강요이며 강제이다.

너는 버스를 타고 이동할 수도 있고, 걸어서 이동할 수도 있으며, 비행기를 타고서도 이동할 수 있어야 한다. 그것은 존재함의 권리이다. 실상이 그러하듯 너는 남자로 태어날 수도 있고 여자로 태어날 수도 있으며, 다양한 인종, 다양한 나라의 환경에서도 태어나 수많은 이름으로도 불리어질 수 있는 존재여야 한다. 그럴진대 어찌하여 너는 무한하고 제한도 없는 자신의 마음을 네 스스로 선택한 것인 줄도 모르는 지금의 육체 안에만 가두려 하는가.

이미 너의 의식은 수행을 통해 생각 속에서 생각 밖으로 한 번 터져 나왔다. 그렇다면 이제 네가 알고 있고 기억하고 있으며, 보고 듣고 느끼고 상상할 수 있는 모든 것들과 모든 진리와 진실과 자유에서조차 다시 한 번 터져나가라! 너의 의식을 무한히 넓히고 넓혀 온 우주 모든 것들을 네 안에서 허용하라! 모든 것은 너의 마음 안에 들어있으며, 마음 안에서 일어나는 마음의 작용이므로 모든 것은 마음 그 자체이니라.

지금껏 네가 마음을 찾을 수 없었던 까닭은, 이미 마음 안에서 보고 듣고 느끼고 체험하며 스스로의 마음을 의식하고 있으면서 또 어디에서 마음을 찾으려 하였기 때문이다. 이미 그대로 모든 것이 네 마음이며 마음 아닌 것은 그 무엇도 존재하지 않는다. 네가 존재하지 않는다면 그 무엇도 너에게 존재할 수 없는 까닭이니라.

– 의식이 육체 안에 갇혀있으면 육체까지 만을 자신이라 할 것이고, 의식이 기억 안에 갇혀 있다면 이미 자신의 육체와 떨어져 있는 머리카락까지도 자신의 것이라 할 것이며, 의식이 에고 안에 갇혀 있으면 결코 에고 이상의 것을 자신으로 받아들이지 않게 될 것이다. 그러므로 네 의식이 모든 것에 이르면 너는 기어이 모든 것을 자신이라 여기지 않을 수 없으니, 지금 너의 의식은 어디까지 확장되어 무엇까지를 자신이라 말하고 있는가? –

13. 밝혀지는 이치들

13-1

어떤 이가 말하였다.

– 내게 있는 이 어리석음의 뿌리를 뽑아 없애고 영원히 지혜로운 사람으로 존재하고 싶습니다. –

하여 나는 '하느님도 하지 못하는 일을 어찌 당신께서 해내려고 하십니까?' 라고 답해주었다.

- 어리석음이 존재하지 않으면 지혜 또한 존재할 수 없기 때문이 아닙니까?

\# 모든 것은 마음 안에 있다. 어리석음이 바로 내 마음이고 지혜가 바로 내 마음이니 그것은 있는 그대로의 드러남이요, 결코 무엇이 무엇으로 바뀌거나 달라질 수 있는 것이 아니다.

\# 먼저 마음 안에 있는 어리석음이 의식되어 밝아지고 밝아진 어리석음, 그 체험을 통해 비로소 마음 안의 지혜가 의식되어 드러나니, 마음에 어리석음이 드러나지 않은 자, 결코 지혜로써 존재할 수 없다.

\# 성인이란 오히려 스스로의 마음 안에 더 많은 어둠과 불만과 증오와 질투와 이기와 욕심을 밝혀놓은 존재이다. 또한 그러므로 인해 더 많은 밝음과 감사와 사랑과 이해를 만나게 된 존재들이니, 부처나 예수께서 살인하지 못하는 것이 아니라 하지 않음을 선택하는 것과도 같고, 부처와 예수의 안에 어리석음이 없는 것이 아니라 어리석음이 있기에 밝혀진 지혜를 드러내는 것과도 같다.

꽃은 나비가 되려하지 않고, 나비는 꽃이 되려하지 않으며, 꽃은 꽃으로서 나비는 나비로서 존재함에 지극하니 이것이 바로 자연이다. 오직 사람만이 필요를 만들어 스스로를 가두고 스스로가 아닌 것이 되기 위해 끊임없이 고민하며 고통 받고 있으니 이것은 다름 아닌 무지(無知)로 인한 비롯됨이다. 그러므로

"최상의 공부란 자신을 바꾸는 것이 아니라 자신을 밝혀내는 것이다."

13-2

너는 너의 부모님께서 네게 주신 은혜를 갚고자 하는 마음이 간절하다. 그렇지 않으냐?

– 그렇습니다.

허나 너는 네 마음을 겨자씨만큼도 부모님께 드릴 수가 없다. 다만 기타의 수단이나 의사를 통해 자신의 마음을 표현할 수 있을 뿐이다. 그러므로 이것은 너무도 가혹한 제한이다. 마음과 마음을 나눌

수 없다는 것만큼 사랑하는 이들에게 끔찍한 일은 더 없을 것이다. 그것은 영원한 남남으로, 마음을 나누는 것이 아니라 단지 그 표현을 통한 자기만족만을 의미하는 것이기 때문이다. 이것은 영원한 고립이다. 아무도 너의 마음을 본질적으로 이해할 수 없다는 뜻이다.

영원한 분리. 그러나 너는 결코 이런 식으로 존재하지 않는다. 너는 필요나 당위라는 강제에 의해 전체로 끌려가는 존재가 아니다. 자신이기에 자신을 알아가듯, 전체이기에 전체로 확장되는 것이며, 본래 하나이기에 너는 너의 모든 마음을 사랑하는 이들과 영원토록 나눌 수 있으며 또한 이미 그러하고 있다.

– 이 세상 모든 이들은 너로 인해 너의 마음을 너와 같이 체험할 것이다. –

13-3

자유의지란 내 마음대로 무엇을 하는 것이 아니다. 내가 갈비 먹고 싶다고 마음대로 갈비 먹는 것이 자유의지가 아니야. 내가 어떤

행위를 선택해서 했을 때 거기에 기쁨이 있다면 그만큼이 바로 자유의지이다.

- 그렇기에 완전한 용서란 무엇인가? 내가 참으로 누군가를 용서할 수 있는 것이 아니라, 이미 용서할 필요조차 없었다는 것을 아는 것이 완전한 용서이다. -

"진실이 가능한 이유란 이미 이루어졌기 때문이다."

13-4

높은 곳에 있기 위해서는 낮은 곳에 있는 사람이 필요하다. 낮은 곳에 아무도 없다면 자신이 아무리 높은 곳에 있다 한들 높다는 것을 알 수 없다. 그러함에 자신이 특별해지기 위해서는 자신의 마음 안에 특별하지 않는 사람을 만들어야 한다. 타인을 자신보다 특별하지 않게 해야 한다. 그러므로 남들보다 우월하다고 생각하는 사람은 이미 스스로의 마음 안에 많은 이들을 하찮게 만들어 놓은 사람이다.

전체가 아닌 어느 특정한 개체적 존재에 하느님이나 신이란 이름을 붙여놓고 맹목적 믿음을 보내며 스스로 위대한 존재의 노예가 되기를 자청하는 사람들이 있다. 또한 이들은 언제나 자신들의 믿음만이 옳다고 생각하니, 자신의 안에 타인의 믿음을 틀리게 정의해 놓은 것이며, 이것은 다름 아닌 아집과 독선이다.

그렇다면 무엇인가? 마음에서 먼저 아집과 독선이 드러나며 의식되는 것이니, 이들은 이로 인해 비롯되는 체험과 시련을 통해 허용과 존중을 배우며 결국 전체의 진실과 '늘 깨어있음'인 지혜를 또한 스스로에게서 밝혀내게 되는 것이다.

"이 세상 모든 이들이 더 없이 옳고 고귀하며 온전하다는 진실을 스스로에게서 절로 알아가게 되는 것이다."

– 스스로를 신의 종으로 인정하고자 하는 것은, 이미 스스로의 안에서 종을 필요로 하는 유치한 신으로 인정하는 일이 아니겠습니까?

틀린 말은 아니다만 그렇게 여겨서는 아니 된다. 모두는 모두에게 어느 순간에나 진실을 표현하며 살아갈 수밖에 없고 모두는 모두에게 언제나 최선으로 살아갈 수밖에 없으며, 모두는 모두에게 가장 필요한 시간과 순간을 체험할 수밖에 없으니, 이는 다름 아닌 스스로가 스스로를 위한 일이라. 그러므로 사람이 하는 일에 옳고 그름이 있을 수 없고, 다만 옳고 그름이라는 체험만이 존재할 수 있음이니라.

– 명심하겠습니다.

13-5

물리학자인 데이비드 봄(David Bohm)은 우주가 하나의 홀로그램과 같고 한 점의 먼지 속에도 온 우주의 모든 정보가 들어있다고 하였다. 데이비드 봄이 주장하는 전일적 양자이론은 노벨상을 수상한 물리학자와 세계적 권위의 과학자들에게 지지를 받기도 하였는데, 무엇보다 심리학과 종교, 정신의학, 과학, 신비주의, 명상과 수행 등의 모든 방편들이 거대한 사상적 지도의 갈라진 조각과도 같다는 그의 사고에 나는 깊이 동조한다.

진화된 것은 문명만이 아니다. 영성이란 항시 문명의 수준 위에 존재하는 것이며 그렇기에 그만큼의 문명이 드러날 수 있는 것이다. 인류는 이미 생존과 번식, 힘과 권력의 시대를 거쳐 영성의 시대로 접어들었다. 이는 전 우주적 변화이며, 분리된 지도의 통합을 의미한다.

13-6

우리의 의식이란 말하자면 병 속에 갇혀있는 새와도 같다. 병의 입구는 새의 몸보다 좁아 도무지 벗어날 방법을 찾을 수 없다. 이 견고한 병이 바로 사회적 정의이며 관념이다. 옳고 그름, 선과 악, 가치와 판단이다. 그렇다면 사회적 정의와 관념들을 나는 지금 옳지 않다고 말하는가? 그것은 결코 아니다.

군왕에게 충성하는 것을 제일의 덕으로 여겼던 옛 장수는 군왕을 위해 목숨마저 기꺼이 내던질 수 있었을 테지만, 지금은 누구도 그렇게 하지 않을 것이다. 그러나 지금을 살아가는 누구도 사실은 옛 장수와 다르지 않다. 시대만이 바뀌었을 뿐 여전히 사회적 정의와

관념 속에서 의식이 꼭두각시 노릇을 하고 있지 않은가. 바로 그것을 모르고 있다는 뜻이다.

의식이란 무엇이라도 비추어 낼 수 있는 대자유의 거울이다. 옛 장수의 행복과 신의도 그 어느 시대, 어느 사회적 관념과 정의가 만들어내는 행복과 질서들이라 할지라도 비추고 체험할 수 있는 무한의 권능이다.

"그러나 보아라. 마치 사회적 관념과 정의를 위해 의식이 존재하고 있는 것처럼 되어버리지 않았는가? 사회적 관념과 정의가 너에게 어찌어찌해야만 행복할 수 있다고 강요한다면 그것이 사회와 환경마다 달라짐에도 불구하고, 오로지 그것에 존재의 모든 목적과 지고한 존재성마저도 재단당해 버리지 않았는가? 무한의 의식을 한낱 관념을 위한 부속품 따위로 스스로가 축소시켜놓지 않았는가?"

그 무엇보다 위대한 기적이란 다름 아닌 존재함이다. 모든 것은 존재함이 있기에 존재하며 존재함을 위해 존재한다. 그러므로 존재함을 위해 존재하는 그것들을 존재함의 머리 위에 두어서는 아니 된

다. 말하자면 존재함을 위해 존재하는 그것들에 오히려 수단이 되어 버린 존재함, 이를 말하여 우리의 의식이란 병 속에 갇혀있는 새와 도 같다 한 것이다.

13-7

너는 나를 스승이라 하겠지만, 스승과 제자라는 체험만이 존재할 뿐 실상은 모두가 모두에게 스승이며 모두가 모두에게 제자가 되느 니라. 자식이 부모에게 배우는 것보다 부모가 자식을 키우며 알아가 는 것들이 더 크고 깊은 것처럼 모두는 스승이라는 체험을, 제자라 는 체험을, 부모라는 체험을, 자식이라는 체험을 하나의 안에서 나 누며 공유하는 것이다. 그러므로 전체로 돌아갔을 적에는 하나가 되 지만, 이렇게 분리된 개체인 에고(ego)로 존재하고 있을 적에는 모 두가 모두에게 벗이 된다. 나는 너에게 벗이며, 너는 나에게 벗이다. 일방적인 가르침이란 결코 존재하지 않는다. 네가 나에게 배워가는 것보다, 내가 너를 가르치며 배워가는 것이 적다고 생각하느냐? 만 일 네가 그렇게 여긴다면 그것은 오만이다.

13-8

진실로 타인을 사랑하고자 한다면, 먼저 자신을 사랑할 수 있어야 하고, 진실로 타인을 용서하고자 한다면 먼저 자신을 용서할 수 있어야 하며, 진실로 타인을 믿고자 한다면 먼저 자신을 믿을 수 있어야 한다. 이는 상징적인 의미가 아니라 있는 그대로의 분명한 진실이니 모든 것이 자신이기 때문이다. 진실이란 본래 감추어진 적이 없었으나, 오히려 진실을 대하는 우리가 감추어져 있었으니 그대로 자신을 되찾아 온 세상을 바라볼 것 같으면 진실이란 절로 비추어지게 된다.

사랑할 수 있는 것도 미워할 수 있는 것도 자신이기에 가능한 것이다. 자신이, 자신이 아닌 다른 누구를 어찌 사랑할 수 있고 믿을 수가 있단 말인가. 이것은 본질적으로 불가능하다. 왜냐하면 자신이 아니기 때문이다. 네가 이 말을 온전히 이해할 수 있다면 지금까지의 공부가 헛되지 않음이로다.

14. 이별

14-1

2006년 3월 17일. 저는 꿈을 꾸었습니다. 스승님과 일년 남짓한
시간을 함께했던 작은 방에서 스승님과 마주하고 앉아 있었습니다.
꿈은 자각몽(自覺夢), 신비하게도 꿈속에서 스승님의 말씀에 분명하
게 대답할 수 있었습니다.

14-2

\# 누가 보느냐?

- 제가 봅니다.

\# 누가 듣느냐?

- 제가 듣습니다.

\# 누가 말하느냐?

- 제가 말합니다.

\# 누가 생각하느냐?

- 제가 생각합니다.

\# 네가 보고 듣고 말하고 생각하면서도 모른단 말이냐?

- 무엇을 말씀이십니까?

"모든 것은 너를 위해 존재하고 있느니라."

문득 의식하니, 스승님의 육체가 오후 햇살처럼 부서져 내리기 시작하였습니다. 그것은 아주 짧은 시간 동안 일어난 일이었습니다. 꿈인 줄 알고 있음에도 놀라 말을 잇지 못하는 저에게, 스승께서는 이제까지의 어떤 것보다도 깊은 미소를 보여주셨습니다. 그리고는 이내 햇살과 하나 되어 사라져 버렸습니다. 그리고 그것이 스승님과의 마지막 만남이었다는 것을, 저는 다음날 스승님이 없는 빈방에 앉아 한참을 기다리다 깨닫게 되었습니다.

15. 기록을 마치며

저는 여기에 저의 모든 과정들을 기록할 수는 없습니다. 또한 그럴 필요도 없습니다. 제가 말하는 모든 것들이 달을 가리키는 손가락과 같다면 오히려 손가락에는 눈을 혹하게 하는 치장들이 없으면 더욱 좋습니다. 그래서 저에게 있었던 많은 사연과 이야기들 중에 핵심적인 내용들만 간추려 여기까지 기록하게 되었습니다.

언젠가 스승께서 이르시길 '명상이나 수행이나 과학이나 모든 방편들이 산을 오르는 길과 같다면, 이치란 그 길을 이루는 흙과도 같다' 하셨습니다. 모든 것은 존재를 위해 존재합니다. 그리고 그것은 이미 이루어져 있습니다. 우리는 산을 올라야 하는 강요된 존재가 아니라, 이미 산의 어느 곳에라도 존재하고 있기에 다만 스스로를 위해 그것을 체험하며 알아가는 것입니다.

　신발이 필요한 이유는 사람을 위해서입니다. 우산이 필요한 이유도 사람을 위해서이며, 자동차가 필요한 이유도 사람을 위해서입니다. 마찬가지로 그 어느 사회의 어떠한 정의, 행복, 자유, 믿음, 진리, 소망, 기쁨, 즐거움이라 할지라도 그것들은 우리 존재를 위해서 존재합니다. 존재가 있음으로 비로소 모든 것이 가능해지는 것이기 때문입니다. 여러분은 바로 그러한 존재입니다. 그리고 하느님입니다.

"그리고 모든 것입니다."

　여러분의 진실은 책임과 의무와 필요를 강요받으며 당연히 그렇게 하지 않으면 안 되는 존재가 아니라, 그렇게 하지 않으면 안 된다는 이 사회의 책임과 의무와 필요를 체험하는 존재입니다. 그러므로 그렇게 하지 않는다 하여 여러분의 존재성이 상처받아야 할 이유는 결단코 없습니다. 오로지 무지(無知)에서 비롯된 어리석음이 타인의 존엄성을 판단하고 가치를 정의하는 오류를 범하는 것입니다.

오래 전에 제가 가진 꿈들은 대부분이 거창한 것들이었습니다. 그리고 특별해지고 싶었습니다. 하지만 지금의 저는 세상에서 가장 평범한 사람이며 또한 평범한 사람으로 살아가기를 희망합니다. 지금 저에게 남은 바람이 있다면 좋은 사람을 만나 결혼하고, 알콩달콩 살아보고 싶은 것이 전부입니다.

눈물나는 사연들을 간직하고, 한 편의 드라마 같은 삶을 지금도 살아내고 계실 이 땅의 모든 하느님들과 내 안의 진실들을 여기까지 만날 수 있게 이끌어주신 종현님을 비롯한 모든 스승님들께 감사한 마음을 전합니다.

능력없는 작가임에도 불구하고 큰 신뢰로 대해주신 도서출판 〈북갤러리〉의 최길주 대표와 편집을 담당해주신 박인실 디자이너에게도 감사한 마음을 전합니다.

하늘나라에 계신 사랑하는 아버지 그리고 너무도 소중한 어머니와 두 동생, 나의 가족에게 이 책을 바칩니다.

2006년 9월 9일 자정에

최 진 혁

＊본문의 〈반야심경〉에 대한 해석은 제가 수행과정에 살펴 읽었던 것으로, 그 해석 그대로를 여기에도 기록하였습니다. 탁월한 해석과 함께 본문에 게재를 허락해주신 김상렬 님께도 깊이 감사드립니다.

"어떤 이름으로 불리어지기 이전에, 부모와 자식, 친구와 연인, 남자와 여자라는 역할이기 이전에 우리는 먼저 인간이라는 것을 그리고 인간이기 이전에 먼저 존재라는 것을. 잠깐, 아주 잠깐 동안만이라도 사회와 환경이 정의해 놓은 모든 관념과 가치와 각자의 역할들을 내려놓고 오로지 자신으로, 오로지 존재로서 스스로의 삶과 죽음과 행복에 대해 순수하게 사색해 볼 수 있기를…."